Sindbad le marin

Jacques Cassabois

« J'aime les personnages qui résistent, capables de secouer l'ordre des choses, de lever les énergies de chacun, d'entraîner derrière eux, riches d'ampleur, porte-parole des plus hautes qualités de l'homme et dont les actes écrivent des épopées qui atteignent au mythe. C'est ainsi que j'ai fréquenté Sindbad le marin, Gilgamesh le Sumérien, Tristan et Iseut, la lumineuse Antigone, chevauché aux côtés de Jeanne d'Arc, accompagné les troupes d'enfants de 1212, en route pour délivrer Jérusalem, et partagé la colère de Hérissons qui s'opposent de toutes leurs forces à l'exploitation du gaz de schiste. »

www.jacquescassabois.com

Du même auteur :

- Le premier roi du monde - L'épopée de Gilgamesh
- L'oiseau de feu - Sept contes de Russie
- 1212 La Croisade des Indignés
- Le joueur de flûte de Hamelin
- La création du monde
- Dix contes de fantômes
- Dix contes de dragons
- Dix contes de magie
- Sept contes de trolls
- Antigone l'insoumise
- Le chevalier Tristan
- Tristan et Iseut
- Jeanne

JACQUES CASSABOIS

Sindbad le marin

Illustrations :
Christophe Rouil

Pour Pierre et Marie-Thérèse Martinetti

On peut sans doute chercher à éviter tous les conflits, mais on vit de moins en moins ; ce qu'on assume, c'est aussi quelque chose que l'on gagne.

Jacques Lacarrière

AVENTURES LÉGENDAIRES

Leurs noms ? Jason, Sindbad, ou Héraklès... Voyageurs légendaires, ils sillonnent les mers et parcourent les siècles, poussés par ce grand vent qui anime les mythes. Connue de tous, mystérieuse à chacun, leur geste, aujourd'hui encore, s'offre comme un défi. Derrière ces dragons pourfendus, derrière ces îles découvertes, derrière ces combats et ces quêtes, que chercher, que comprendre ?

Unis par l'amour des légendes, des historiens et des romanciers conjuguent leur culture et leur imaginaire pour insuffler aux héros voyageurs une nouvelle vie. Si les premiers, jaloux de la tradition, se font garants de l'authenticité du mythe, les seconds lui apportent la modernité d'un regard d'aujourd'hui.

Sindbad ou la fureur de vivre ; Jason ou la désillusion... En 2002, ces héros de toujours en quête d'absolu nous parlent de nous-mêmes. Tout simplement.

1

Hindbad

C'était un jour de chaleur blanche, suffocant. Un jour de poussière à faire la fortune des porteurs d'eau et des marchands de kéfir. Bagdad avait commencé à s'animer pendant la dernière heure de nuit et, alors que le plumeau gris de l'aube finissait de nettoyer le ciel, les derniers bambocheurs rentraient chez eux, ivres de vin, croisaient des commerçants, des fonctionnaires, premiers levés, qui se rendaient au bain.

Les artisans ouvraient leurs échoppes, déjà sur le dos de leurs apprentis. Le potier réveillait son tour en faisant chanter la terre dont la voix, humide et psalmodiée, appelait toutes les voix du souk[1] à chanter leur partie. Le dinandier, dans le quartier des chaudronniers, répondait en faisant rire aux éclats le cuivre ; les gargotiers, qui préparaient leurs bouillies de céréales, apportaient le tintamarre de leurs ustensiles ; les bouchers arrangeaient leurs étals, suspendaient des quartiers de mouton, des cuisses de buffle ; le cordonnier préparait sa poix ; les marchands de cuillers ouvraient leurs éventaires : cuillers en poirier d'Iran, cuillers d'ébène à manches de corail, cuillers en écaille de tortue pour les sirops, en ivoire pour les légumes à la vapeur...

Toutes les allées du souk s'éveillaient sous le soleil des conversations. Les premières fournées de pain d'orge étaient cuites et les fourniers, en ouvrant leurs fours, embaumaient les ruelles d'une bonne odeur de pâte fumante qui se mêlait à l'osier amer du vannier, au bouquet chaleureux du poivre et de la cannelle mêlé de girofle et de safran, offert à contrecœur par l'épicier qui surveillait jalousement ses trésors.

Les premières heures du jour avaient achevé de placer chacun devant son ouvrage. On entendait partout la rumeur du travail dans les quartiers laborieux. Les rues étaient encombrées de chameaux qui entraient au khan[2] ou le quittaient, de colporteurs et de cour-

---

1. Souk : marché couvert où sont installées, dans un dédale de ruelles, toutes sortes de boutiques et d'ateliers.
2. Khan : lieu d'étape pour les caravanes.

siers, de mercenaires turcs dont les galopades bousculaient tout le monde, de porteurs, bâtés comme des mulets, cassés sous leurs charges ou désœuvrés, contre une arcade, attendant qu'un marchand se décide à louer leurs épaules.

Telle était Bagdad, le phare de l'Orient, la capitale de l'Empire des Croyants. Bagdad, ronde comme une perle parfaite. Ainsi apparaissait-elle sous le règne d'Haroun-al-Raschid, cinquième calife de sa dynastie, successeur de « Celui qui reçoit le secours de Dieu », le grand al-Mansour, fondateur de la ville.

Bagdad riche, opulente et légère, qui embaumait la citronnelle, le jasmin et le sucre épais de l'encens. Bagdad-des-jardins où jaillissaient des fontaines, et des étangs alimentés par les eaux du Tigre, grand fleuve paisible où les gens fortunés amarraient leurs bateaux de plaisance, à l'imitation du prince qui n'en possédait pas moins de six.

Bagdad insolente, qui étalait les palais des marchands, des dignitaires du régime, devant Bagdad misérable des sans-travail, des nus et des errants.

C'est dans une des rues de cette ville que, ce jour de chaleur étouffante et de soleil blanc, allait un portefaix nommé Hindbad.

Il était grand, sec et son long visage à la peau grise était piqueté d'une mauvaise barbe clairsemée qui lui donnait un air malade. Il marchait, comme comptant ses pas, et sa charge, mal assurée, perchée sur le sommet de ses épaules, branlait.

Il n'avait cessé de coltiner depuis le lever du jour. Une charge de toile d'abord, pour le compte d'un marchand du souk aux draps, qu'il avait livrée dans le centre de la ville, puis les couffins d'une cuisinière qui faisait son marché. Il se dirigeait maintenant vers le quartier de la porte nord, avec des tapis et des nattes sur le dos, roulés en plusieurs ballots.

La poussière lui cuisait la peau, la transpiration détrempait ses vêtements et son fardeau lui coupait le souffle. Il profita d'une rue calme pour poser ses bagages et se délasser.

Pendant qu'il s'étirait, massant ses épaules meurtries par les courroies, il fut attiré par un très délicat parfum de rose qui flottait autour de lui. C'était un courant tiède, volatile, qui ondulait dans l'air chaud, comme un ruisseau.

Hindbad fit quelques pas, le nez pointé, cherchant à en profiter au mieux, lorsqu'il se rendit compte que cette odeur si délicate montait du sol ; du pavé, qui longeait une riche demeure.

Et cette odeur lui fit lever la tête, ouvrir les oreilles, écarquiller les yeux...

Il se trouvait devant un véritable palais, aux murs de briques, hauts, dont l'entrée principale était flanquée de deux tours circulaires recouvertes de carreaux de céramique. La porte, aux vantaux d'ébène revêtus de feuilles d'or, était coiffée d'une ogive qui pouvait offrir le passage à des cavaliers en armes. Quatre hommes y montaient la garde.

Des chants d'oiseaux s'élevaient d'un jardin abrité par les murailles, se mêlaient à des rumeurs de conversations. Des accords de musique filtraient. Luths, cithares, flûtes, tambourins, lyres... Des orchestres donnaient concert, accompagnaient des chanteuses qui offraient l'eau claire de leurs voix.

Hindbad écouta, assis sur ses paquets, et se laissa rafraîchir un instant. Une fête se préparait sans doute. Une cérémonie, comme les riches en organisaient chaque jour, derrière leurs remparts.

Cette douceur, cette facilité de vie le reposèrent.

Mais d'autres parfums se propagèrent qui troublèrent Hindbad, plus que l'eau de rose, parce qu'il n'avait mangé qu'une galette de riz depuis son lever, parce qu'il ne mangeait jamais que des galettes de riz, du pain d'orge et des olives. Ces parfums étaient fumets de bonne chère, de cuisine fine : gazelles rôties, sirops, sucre frit, miel, chevreau grillé, confiseries... Et les scènes de bombance qu'il imaginait lui creusaient le ventre et lui tordaient les boyaux.

Il berça son amertume en chantant ce couplet triste :

« Bagdad est un merveilleux séjour pour les riches,
Mais pour les pauvres, un lieu de misère et de détresse.
Pauvre portefaix, j'erre longuement dans les rues,
Comme un coran dans la maison d'un athée. »

Cette chanson qui s'apitoyait sur les pauvres l'enhardit. Il s'approcha du porche et demanda aux gardes quel seigneur habitait cette résidence princière.

« Comment, lui répondit l'un des hommes, tu ne connais pas la demeure de Sindbad ?

— Sindbad le Marin ? s'étonna Hindbad.

— Sindbad le Marin, parfaitement, se rengorgea l'autre. De quel Sindbad veux-tu qu'il s'agisse ? Du fameux voyageur ! De celui qui a navigué sur les sept océans du monde ! »

Il était fier de servir un maître si fameux. Cela sautait aux yeux.

Hindbad recula de quelques pas en hochant la tête. Bien sûr, il connaissait Sindbad, de réputation. Il avait entendu parler de ses exploits, de ses richesses. On murmurait beaucoup à son sujet. On colportait des histoires qui ressemblaient à des légendes et, pour dire la vérité, Hindbad pensait même qu'un tel homme n'existait pas vraiment.

« Sindbad le Marin... », marmonna-t-il.

Il laissa courir son regard sur les remparts, les

dômes qui émergeaient du cœur de la propriété, la précision méticuleuse des motifs de céramique, les dalles de granit de l'entrée, la dentelle des grilles qui protégeaient les fenêtres, l'impeccable tenue des uniformes des gardes... Blessé par une telle abondance, il s'écria :

« Tant de richesses pour un seul ! Sindbad le Marin et moi, Hindbad ! Hindbad... le Porteur, précisa-t-il avec ironie. Lui et moi, aux noms presque semblables. Presque frères, pour ainsi dire ! Lui, rassasié de toutes les beautés du monde, et moi, fils de la poussière des rues. »

Et ces mots gonflaient dans son cœur, grandissaient encore Sindbad et le ratatinaient, lui, misérable portefaix, dans son habit collé de sueur et de vieille crasse.

« Dieu est cruel, qui tient le riche et le pauvre dans sa main et les oblige à se regarder face à face, dit-il. Dieu est injuste, qui offre l'abondance à celui qui possède, la misère à celui qui n'a rien. Dieu cajole Sindbad dans son luxe et me dépouille, moi, mon épouse et ma descendance après moi. Dieu n'est pas bon ! Non, Dieu n'est pas bon ! »

Il cria en serrant les poings, frappa le sol de son talon et resta ainsi, sans bouger, tout travaillé par sa violence.

Il ne vit pas la porte du palais s'ouvrir et un serviteur s'approcher de lui.

« Porteur, hé, porteur ! dit l'homme en lui secouant l'épaule. Mon maître voudrait te parler, viens !

— Me parler ? balbutia Hindbad. À moi ? Mais... je ne le connais pas. Je ne l'ai même jamais vu.

— Écoute ! Il m'a dit : "Sors et ramène-moi le porteur qui attend dans la rue." Je sors et je ne vois pas d'autre porteur que toi. Pour la deuxième fois, viens ! »

Hindbad était terrorisé. Sindbad avait dû l'entendre. Il l'envoyait chercher pour le punir et le porteur connaissait cette manie des riches de se divertir avec les châtiments qu'ils infligeaient aux pauvres.

Il essaya de se souvenir des paroles qu'il avait prononcées, mais la peur lui brouillait l'esprit. Il prétexta sa course :

« C'est que... j'ai ces paquets, là. Je ne peux pas les abandonner sans surveillance, à la merci du premier voleur.

— Ne t'inquiète pas, lui répondit le serviteur. Les quatre qui gardent l'entrée auront un œil sur eux. Allez, pour la troisième fois, viens ! »

Hindbad se laissa entraîner et franchit le porche, collant aux talons du larbin. Il traversa plusieurs pièces pavées de marbre, aux murs couverts de tentures lourdes, avant d'être introduit dans une immense salle de réception.

Des hommes richement vêtus y étaient rassemblés,

discutaient par petits groupes, riaient, admiraient les acrobaties de contorsionnistes.

Hindbad s'arrêta, pétrifié par toutes les beautés qu'il voyait.

Aux angles de la pièce, quatre lions d'or crachaient de l'eau dans des bassins de marbre ; les murs étaient travaillés d'un fin décor de stuc ; des rideaux de soie, devant les fenêtres, tamisaient la chaleur du dehors ; des tapis de laine feutraient le marbre d'Antioche qui dallait le sol. Des lampes de cristal tombaient du plafond où s'ouvrait une voûte immense, octogonale, tapissée de céramiques à glaçure d'or. Des vases d'argent ciselé posés sur des consoles en bois de santal servaient de brûle-parfums. De l'aloès s'y consumait, de l'ambre gris, de l'encens et de fines fragrances au goût de pêche et de violette s'y mêlaient.

Au centre de la salle, des tables étaient apprêtées pour le repas, à l'intérieur d'un périmètre délimité par des divans de marbre garnis de coussins de brocart.

Des gazelles entières, rôties, se dressaient sur des plats d'or, dans une posture familière, broutant des herbes aromatiques. Des pâtisseries monumentales, ruisselantes de sucre, de pâte d'amande et de sirop, attendaient sur des présentoirs de céladon et, déposés sur des dessertes d'ébène, des gobelets d'or, des coupes cannelées, des gourdes incrustées de pierres précieuses, des bouteilles à long col proposaient des rafraîchissements aux convives.

Hindbad n'eut pas le temps de s'attarder sur le détail de toutes ces merveilles, car un homme, parmi tous ceux qui se tenaient dans cette pièce, attira ses regards. Il était grand et puissant comme un cèdre, malgré son âge. Simplement vêtu d'une robe blanche recouverte d'une tunique légère, noire. Son visage, serré dans un voile de tête blanc, respirait une force joviale, et l'éclat presque farceur de ses yeux lui donnait une expression d'enfant. Un enfant au teint cuivré, illuminé par une longue barbe d'argent.

Il regardait les gens en s'attardant sur eux. Ses yeux pénétraient l'obscurité des cœurs et ses gestes étaient lents.

Hindbad, sous le regard de cet homme qui le déchiffrait, comprit qu'il se trouvait devant Sindbad le Marin. Il l'entendit parler. C'était à lui qu'il s'adressait.

« Nous t'attendions justement pour commencer ce repas. Approche et installe-toi à mon côté. Ta place est prête. »

Hindbad approcha avec maladresse, en multipliant les révérences, honteux de se trouver si pauvre, parmi des seigneurs si raffinés.

« Comment te nommes-tu ? lui demanda Sindbad lorsqu'il fut devant lui.

— Hindbad, seigneur ! Je me nomme Hindbad », répondit-il en s'inclinant.

Sindbad sourit.

« Hindbad ! s'exclama-t-il. Presque comme moi. Peut-être que nous sommes frères ! »

Hindbad trembla d'entendre, mot pour mot pratiquement, dans la bouche de ce prince, les paroles qu'il avait prononcées tout à l'heure.

« Et quelle profession exerces-tu ? continua Sindbad, sans relever le trouble de son invité.

— Je suis portefaix, seigneur. Simple portefaix.

— C'est un métier que je connais. Je l'ai pratiqué, à un moment de ma vie. C'est un métier que nous pratiquons tous d'ailleurs. Certains... »

Il promena son regard sur les groupes qui l'écoutaient :

« Certains sans même avoir conscience qu'un poids pèse sur eux... »

Un murmure embarrassé circula. Hindbad, qui n'avait pas compris le sens de cette allusion, attendait avec inquiétude.

« Mais, posons nos fardeaux, provisoirement, et croquons cette merveille, s'écria Sindbad en désignant la gazelle. Mangeons-la, de bon appétit, avant qu'elle n'ait brouté tout son fourrage. »

Hindbad s'assit à côté de son hôte qui prit la peine de le servir lui-même et, peu à peu, les nourritures délicates et les vins fins effacèrent ses craintes et sa gêne.

Au terme du repas, Sindbad réclama le silence et se tourna vers le porteur.

« Mon frère, lui dit-il, en t'accueillant j'ai voulu soulager ton corps. Le moment est maintenant venu de t'aider à décharger ton cœur. Dis-moi, aurais-tu la douceur de me répéter ce que tu confiais tout à l'heure, avec tant de sincérité, au pavé de ma rue ? »

Hindbad pâlit. Il sentit ses organes se recroqueviller dans son ventre, et les sourires de tous peser sur son silence.

« Je t'en prie, insista Sindbad. J'aimerais t'entendre. Vraiment ! Commence...

— Je disais..., chuchota Hindbad en baissant les yeux. Je disais que Dieu n'est pas bon.

— Et puis ?

— Je disais... que le riche a bien des avantages...

— Et le pauvre ?

— Bien des malheurs...

— C'est une grande vérité, hélas ! Mais tu parlais aussi de moi... »

Hindbad laissa tomber son menton sur sa poitrine et attendit en se taisant.

« Je ne me trompe pas. Tu parlais bien de moi, n'est-ce pas ? » reprit Sindbad.

Hindbad secoua la tête.

« Alors ?

— Je disais..., soupira Hindbad. Je disais... que tant de richesses pour un seul...

— Désespérait celui qui ne possédait rien, c'est cela ? Alimentait la haine et la révolte, incitait au vol et au pillage, rendait méfiant à l'égard de la justice et de la loi. »

Hindbad, figé sur son sofa, éclata en sanglots :

« Pardon, seigneur, pardon... pardon... », supplia-t-il.

Son corps se convulsait de crainte et d'humilité, offrait la complexité de sa misère, qu'il ne savait exprimer par des phrases.

Sindbad se leva, l'obligea à se redresser et le prit dans ses bras.

« Ne crains rien de moi, frère, lui dit-il. Ce désespoir qui te bouleverse, je le connais. J'ai eu mille occasions de l'éprouver, de me laisser briser par lui, car il n'épargne personne. J'ai crié, comme toi, que Dieu était injuste, lorsque la chance m'abandonnait. J'ai crié qu'il était cruel, lorsque la mort fauchait mes compagnons, que les naufrages engloutissaient mes cargaisons. J'ai pleuré de solitude, espéré mourir et réclamé la mort, pour laver les gestes horribles que le destin m'imposait d'accomplir.

« Aussi, je te l'assure, ne crains rien de moi. Nous sommes frères, bel et bien, rameaux de la même souche. Sauf que tu es au commencement de ta vie et que j'arrive au terme de la mienne. »

Hindbad releva le front, troublé par le ton de ces paroles. Sindbad le tenait par le bras et poursuivait, s'adressant à tous :

« Tout le monde a entendu parler de mes voyages,

mais personne ne les connaît. Je n'en ai confié le détail qu'à mon prince, le calife Haroun-al-Raschid, et à d'autres princes, de rang égal, souverains de royaumes lointains.

« Le jour est venu, pour moi, de vous les révéler, tous les sept, pour que vous les connaissiez dans leur vérité et qu'ils vous profitent. Particulièrement à toi, mon frère. »

Sindbad s'assit et invita chacun à l'imiter. Seul, le porteur restait debout, nerveux. Sindbad comprit qu'il s'inquiétait pour ses tapis restés dehors et pour sa course. Il lui dit :

« Rassure-toi, j'ai déjà donné des ordres pour que tes ballots soient livrés à leur destination. Ne pense qu'au fardeau de ta vie. Je vais le charger sur mes épaules et t'aider, provisoirement, à le pousser vers sa destinée...

« Installe-toi à ton aise et écoute-moi bien. Écoutez tous ! »

2

Premier voyage : Le cheval marin et la jument du roi

« Je suis né dans une famille riche, commença Sindbad, et lorsque mon père mourut, il me laissa assez de biens pour vivre sans compter. J'étais jeune encore, à peine sorti de l'enfance, et je me voyais placé à la tête d'une fortune que je n'avais appris ni à gagner ni à gérer. J'avais jusqu'alors toujours vécu dans le luxe, toujours vu le moindre de mes désirs exaucé. Je ne savais rien faire, que commander les autres, exiger d'eux sans rien leur devoir et jeter l'argent par les fenêtres.

Devenu seul maître de moi-même, je continuai sur cette lancée.

Je me mis à fréquenter les tavernes de la ville. J'y

passais toutes mes nuits avec des jeunes gens de mon âge, à parler pour ne rien dire, à boire des vins miellés servis par des chrétiens, à frissonner du parfum des danseuses qui jouaient pour nous. J'organisais des fêtes, je nourrissais mes compagnons, j'offrais des bijoux, des tuniques de soie, des châles brodés à toutes les femmes qui faisaient semblant de m'aimer.

Au cours de ces années de feu, je n'en fis qu'à ma tête. Je n'entendis pas les amis de mon père qui s'épuisaient à m'ouvrir les yeux. Je n'écoutai aucune voix raisonnable, et seule ma propre ruine semblait capable de me secouer.

Lorsque je fus contraint de réduire mon train de vie, j'écourtai mes sorties, faute de moyens, et je reçus moins. Mes amis me trouvèrent mélancolique, subitement, et m'abandonnèrent.

Je me retrouvai seul. Cette solitude me sauva du désastre. Je renvoyai mes domestiques et je m'enfermai, remâchant toutes ces années futiles.

Je n'avais pas seulement gaspillé mon héritage, je m'étais gaspillé moi-même. J'avais effacé ce que mon père m'avait légué et je me retrouvais, tout juste né, sur le seuil de la vie. Il me restait à en parcourir l'étendue, à comprendre, à me construire.

Je décidai de me défaire de tout. Je vendis les quelques objets de valeur qui me restaient : une niche à prière en bois incrusté de nacre, un coffret de santal, orné de marqueterie, quelques tapis d'Arménie...

Le produit de cette vente tenait dans une seule bourse de cuir. Maigre fortune, comparée à celle que j'avais perdue, mais je la regardais comme un trésor. Le germe de ce que j'espérais devenir.

Le commerce m'attirait. Je fréquentai les caravansérails de Bagdad et j'entrai dans le milieu des marchands. Certains d'entre eux s'aventuraient jusqu'en Chine, par les anciennes routes de la soie. D'autres naviguaient. Je me liai avec ceux-ci. J'aimais les entendre parler de l'océan, de l'immense appétit de vivre qu'il ouvrait en chaque homme, si bien que, lorsqu'ils me proposèrent de m'associer à eux, je les suivis sans hésiter.

Je les accompagnai à Bassorah. Là, sur le port, l'argent que j'apportais, ajouté au leur, nous permit d'affréter un navire, de constituer une cargaison et d'engager un équipage et son capitaine. Originaires d'Oman, ces hommes étaient tous de fameux marins.

Le vaisseau, un *daou* large qui tenait bien la mer, prit la route des Indes. Ma bourse était vide. Je n'avais plus un dinar[1]. Mes biens voguaient maintenant à la fortune de la mer, à la grâce d'Allah.

Les côtes de la Perse, au soleil levant, celle de l'Arabie heureuse, au couchant, nous accompagnèrent pendant toute notre descente du golfe Persique. Je les regardais souvent, comme deux parents que je quit-

---

1. Dinar : pièce d'or, d'environ 4,5 g.

tais pour la première fois, peut-être pour longtemps. Mais, parvenu à l'endroit où le golfe s'ouvre sur l'infini des vents, devant la *mer d'En Bas*[1] comme l'appelait notre capitaine, je fus saisi par le vaste mouvement de pompe de la houle. J'éprouvai des vertiges, un frisson très lent fourmilla en moi comme un geste de bienvenue et je restai des heures sur le pont, à scruter l'horizon, à espérer des rencontres.

Malgré les monstres marins, les gouffres et les tempêtes qui guettaient les navigateurs, je contemplais cette immensité avec confiance.

Les nécessités du commerce nous obligèrent à faire étape. Nos soutes renfermaient toutes les richesses de Mésopotamie : des jarres d'huile, de la viande séchée, des céréales, de la laine, de la toile de lin tissée à Bassorah, mais aussi des soieries de la Caspienne, des étoffes rayées du Yémen, des sabres en acier bleu de Samarkand, de l'eau de rose et de jasmin de Syrie.

Nous recherchions aussi bien le bois de teck, précieux pour les navires, la fibre de coco, la feuille de sumac riche en tanin, que le minerai de cuivre, les aromates et les épices, l'or, les plantes médicinales.

Je ne connaissais rien au négoce. Je ne savais ni vendre ni acheter. Je ne savais pas faire baisser le prix d'une marchandise, ni attendre le moment favorable pour conclure un marché. Aussi, de port en port, d'île

---

1. Mer d'En Bas : l'océan Indien.

en île, avec l'aide de mes associés, j'appris à connaître les lieux de production, la manière de pratiquer les échanges.

*

Un jour, au large de la côte de Malabar, le vent tomba et nous laissa en panne sur un océan plat. Nous nous trouvions à proximité d'une île étrange. Verte, uniformément, comme un pré et si peu élevée que la moindre vague devait la submerger. C'était une chance que ce temps calme nous fasse découvrir cette curiosité.

Le capitaine autorisa plusieurs d'entre nous à débarquer. Je faisais partie du groupe.

Nous avions emporté de quoi prendre du bon temps et, installés depuis quelques minutes autour d'un feu qui flambait clair, nous buvions, en écoutant les chants des matelots restés sur le navire. Soudain, le sol de notre île remua. Un frémissement, suivi d'une secousse terrible.

Du vaisseau, le capitaine avait tout vu :

"Rembarquez ! Vite ! nous cria-t-il. C'est affreux, vous allez tous mourir écrasés !"

Une vague claqua, nous précipita dans les flots pendant qu'un tourbillon nous aspirait vers le fond en nous suçant les pieds.

Ce que nous avions pris pour une île était en réalité une baleine géante, endormie à fleur d'eau. Notre feu commençait à lui griller la couenne.

La bête se redressa, haute comme un minaret, et plongea, en assommant quelques hommes d'un coup de queue.

Par bonheur, je m'accrochai à un morceau de planche de notre feu éteint et parvins à résister au remous. Mais à quel prix ! La noyade est une mort effrayante. Vous vous sentez avalé par l'eau, recraché, jouet d'une volonté qui vous ménage pour mieux vous fracasser. Mon corps hurlait de tous ses muscles, mes jambes frappaient l'écume et malgré mes efforts, je sentais l'océan me remplir. J'entendais son étrange voix soluble me murmurer de lâcher prise...

Lorsque je parvins à refaire surface, j'étais assez loin du navire, hélas ! invisible de l'équipage qui déployait déjà les voiles pour profiter d'une brise qui venait de se lever.

J'appelai, mais le vent buvait mes cris. Je nageai avec vigueur, mais un courant m'entraînait à l'opposé du *daou.* L'océan me tenait. Alors, je cessai de crier, de me débattre et je regardai la voile s'éloigner. Mes compagnons devaient me croire mort.

Moi, je voulais vivre ! Brûler le reste de ma vie, faire de chaque instant qui passait un crépitement et je songeai : “Oui ! Oui, tu es seul ! Et crier à l'injustice, pleurer sur toi-même est inutile.” Et cette autre pensée me traversa, légère comme une aube : “Allah ne t'offrirait pas cet obstacle s'il ne te savait pas la force de le surmonter."

Cela me réconforta. Je me remis à nager. Le jour passa et toute la nuit. Je nageais. Puis le matin se leva. J'étais sans forces. La fatigue et le froid m'avaient dévoré les bras et les jambes. Je ne progressais plus. Alors, je décidai de m'en remettre à l'océan et laissai ses grandes mains blanches peser sur moi. Ses caresses étaient douces, l'eau tiède. Dans ma demi-conscience, je me sentis porté par un ressac, entraîné vers un rivage. "Les premières délices de la mort", pensai-je.

Plus rien ne bougeait autour de moi. Je restai immobile, dans l'obscurité du grand sommeil, certain de me trouver sur l'envers de la vie.

Il fallut des heures de soleil pour me dénouer, dégriffer ma peur et ramener mon esprit à l'intérieur de mon corps.

J'étais sur une île. De sable et de rochers, de plaines et de collines. Une île véritable. J'étais sauvé.

Lorsque je pus me relever, je sentis ma faiblesse. J'avais faim. Je découvris, à proximité du rivage, des herbes, des baies dans la lande et une source d'eau claire. Mes mâchoires étaient douloureuses et je mastiquai lentement pour m'imprégner du délicieux parfum de terre ferme qui m'emplissait la bouche.

Je retrouvai assez de forces pour m'écarter de l'océan dont la rumeur me blessait et je commençai à explorer l'intérieur de l'île.

Je débouchai sur un vaste plateau, semé d'une belle herbe grasse, au milieu duquel broutait une jument blanche. Je me dirigeai vers elle, à découvert, attiré par sa majesté et je m'aperçus qu'elle était attachée à un piquet, comme les femelles pour les saillies.

Elle sentit ma présence et releva la tête en s'ébrouant. Elle était fière et bien nourrie. Sa robe luisante épousait le modelé charnu de ses muscles et sa crinière démêlée retombait sur ses épaules comme la chevelure d'une reine apprêtée pour la nuit.

Elle me regarda longuement et ses yeux se confiaient. Il n'y avait ni crainte en elle, ni aucun étonnement. Il me semblait même, une certaine joie de me voir à ses côtés.

"Douce, lui dis-je, en tendant la main vers elle. Ne crains pas !"

Et je crus entendre en écho, venant d'elle :

"Doux, ne t'inquiète pas. C'est à toi de ne pas craindre."

Au moment où j'allais la caresser, j'entendis des voix qui sortaient de la terre. Une conversation parfaitement distincte, mais impossible à localiser.

Je cherchais autour de moi, lorsqu'une de ces voix parut à la surface. C'était un homme. Bien surpris de me trouver là.

"Qui es-tu, étranger ? s'étonna-t-il.

— Un marchand, lui répondis-je en souriant. Qui apprend les lois du commerce !

— Ah ! fit-il sans comprendre. Et ton navire ? Nos guetteurs n'ont signalé aucune voile.

— Pas de navire ! Je suis venu... à travers flots !"

L'homme comprit que je plaisantais et je lui expliquai comment j'avais échoué sur ce rivage. Il me prit en pitié et m'invita dans une grotte où une trentaine de ses compagnons attendaient, rassemblés autour d'un feu. Les voix que j'avais entendues.

Ils m'accueillirent avec la même bienveillance.

"Tu dois avoir faim ! Mange d'abord. Et soif ! Désaltère-toi. Nous parlerons ensuite", me proposèrent-ils.

Je mangeai, je bus et je les remerciai de leur hospitalité. Je racontai mon aventure, avec tous les détails qu'ils désiraient, et ils me confièrent à leur tour la raison de leur présence ici, cachés.

Cette île appartenait au roi Mirhage et ils étaient ses palefreniers. Chaque année, à la même époque, ils amenaient sur cette côte les meilleures juments des écuries du roi pour qu'elles soient fécondées par un cheval marin.

Ils étaient chargés de protéger les femelles, car l'étalon, après avoir profité d'elles, essayait de les dévorer. Ils criaient, chantaient à tue-tête en courant, tapaient sur des plateaux de cuivre, harcelaient l'animal par le bruit, jusqu'à ce qu'il batte en retraite et plonge dans la mer.

Ensuite, ils rentraient avec les juments pleines et les

entouraient de soins en attendant la mise bas. Les poulains qui naissaient étaient sacrés. Ils formaient la cavalerie personnelle du roi qui les appelait ses *chevaux des mers.*

Pendant que les hommes me renseignaient, l'étalon, justement, fut signalé. Chacun se précipita dehors. J'arrivai pour le voir jaillir de l'eau. C'était une vague haute, dressée vers le ciel, toute vibrante. Elle demeura au-dessus de l'océan, comme hésitante, traversée par un mugissement qui la faisait danser. Un vent sourd travaillait les flots, les pétrissait comme une argile. Je vis l'eau se modeler, une forme apparaître, se transformer sous les modulations du vent, et cette bourrasque, enfin, se changer en un hennissement strident qui libéra l'étalon.

Quel animal ! Tout en nerfs, pur comme un cristal de roche.

Il bondit sur la belle jument prête, la couvrit et, au moment où il se redressait sur elle pour lui casser l'échine d'un coup de mâchoires, les palefreniers surgirent en vociférant, agitant des grelots, frappant des gongs, dans un vacarme de chaudronnerie.

L'étalon fit face, surpris par le bruit, puis recula en bronchant jusqu'au bord de la falaise et jeta un dernier hennissement qui le fit fondre dans une pluie d'écume.

J'avais laissé les hommes accomplir leur travail sans me mêler à eux. Je n'avais pas quitté des yeux l'étalon et sa jument. Ils étaient transparents de vigueur, illuminés de force. J'en étais bouleversé.

*

Le lendemain, les palefreniers regagnèrent leur capitale, mission accomplie. Ils m'emmenaient avec eux.

“Nous te présenterons au roi, me promirent-ils. Il aime les voyageurs comme toi. Il dit que le vent est la bénédiction des îles car il leur apporte des hommes nouveaux, et ainsi rajeunit les peuples.”

En parlant avec eux, j'appris que le royaume était un archipel formé de plusieurs centaines d'îles. Elles n'étaient pas toutes habitées, mais celle où nous nous trouvions était la plus grande.

Je découvris la ville un matin, depuis les hauteurs d'une montagne couverte de forêts. Elle s'étendait, épanouie, au bord de l'océan, fleur de lotus en plein midi et je fus frappé par la façon dont elle était organisée. Les maisons, qui semblaient construites au hasard, suivaient en réalité de grandes courbes ovales tournées vers le centre, occupé par la demeure du roi. On aurait dit un œil, dont le palais eût été la pupille.

J'avais hâte de rencontrer ce prince qui savait si bien donner le regard à son peuple. Des messagers nous annoncèrent et il me reçut dès mon arrivée. Il tenait son audience quotidienne, entouré de ses conseillers. Il était vêtu d'une tunique de toile fine qui laissait respirer son corps, et portait un pectoral de corail retenu par un simple collier d'or.

Un profond mystère l'habitait, au point qu'aujourd'hui, je frissonne encore au souvenir de cette rencontre. Ses yeux étaient dorés et vous enveloppaient de lumière lorsqu'ils vous regardaient.

Le roi semblait me considérer depuis le fond des siècles, et voyait à l'intérieur de moi les maladies de mon corps, les insuffisances de mon âme. Il avait la taille d'un enfant, la peau satinée d'un enfant, le même émerveillement tranquille et me considérait avec la sagesse millénaire d'un prophète. Il me dit :

“Que mon toit vous abrite aussi longtemps que vous vous sentirez exposé au malheur. Je connais les voix qui vous ont chassé de votre pays. Je sais pourquoi vous êtes ici, mais j'aimerais vous entendre vous-même relater comment vous y êtes parvenu.”

Je lui décrivis mon aventure avec des précisions nouvelles, que je découvrais à mesure que je racontais. Des détails qui, sur le coup, m'avaient échappé et me revenaient maintenant.

Je resuçais ma vie depuis que j'avais quitté Bagdad et je la sentais, brassée par mes paroles, se déposer au fond de moi, comme un limon. J'étais ému.

“Les fruits les plus amers produisent parfois les essences les plus parfumées, me dit le roi. Je vous le répète, restez ici autant qu'il vous plaira et revenez me parler souvent."

Il m'offrit de séjourner dans une aile de son palais, m'encouragea à visiter son royaume et, pour que je ne manque de rien, attacha à mon service un de ses officiers.

Je le remerciai, puis je m'installai et commençai à courir la ville.

Comme j'étais marchand, je recherchai la compagnie des marchands. Mes premières visites me conduisirent au port car j'espérais y trouver un moyen de regagner Bagdad. Je vis de lourdes jonques chinoises, à trois mâts, gréées de voiles lattées. Je vis d'étranges navires dont la proue et la poupe, identiques, permettaient de naviguer tantôt vers l'avant, tantôt vers l'arrière. Je vis aussi des boutres arabes et des *daous,* des équipages qui parlaient ma langue et connaissaient ma ville, mais qui projetaient de doubler le sud de l'Inde, jusqu'aux grandes îles qui commandent le passage vers la Chine.

J'en conclus que je n'avais pas encore séjourné ici le temps nécessaire. Je résolus de ne plus penser à mon retour et m'installai dans ce royaume comme si je devais y passer le reste de ma vie.

Je voulais tout connaître. Je délaissai le milieu des marchands pour fréquenter les savants. Les plus fameux étaient originaires de l'Inde. Des astronomes m'initièrent aux mystères du calendrier, m'apprirent à calculer la position des planètes pour en tirer des horoscopes. Des médecins m'enseignèrent les lois générales qui dirigeaient nos organismes. Je fréquentai aussi les artistes, les sculpteurs et les peintres. J'observais leur manière d'extraire le bleu de l'indigo, l'écarlate de la cochenille ; leur façon de broyer l'argile pour en tirer l'ocre ou le blanc.

Et parce que je m'intéressais à eux, ils s'intéressaient aussi à moi :

"Tu prends beaucoup de nous, me disaient-ils en riant, et toi, qu'offres-tu en échange ?

— Moi ? Je quitte mon pays pour la première fois. Je connais mal le monde.

— Alors, parle de ton pays !"

Je parlais à mon tour. Ils m'écoutaient, questionnaient sans cesse et très vite, leur curiosité me dépassait. Je ne savais plus répondre. Et, devant ces étrangers à qui j'étais incapable de faire aimer mon pays, j'éprouvai à nouveau, avec plus d'amertume, la futilité de ma jeunesse.

Je vous souhaite à tous, vous qui m'écoutez, de ressentir la honte de votre ignorance, cette misère entre les misères, afin que vous ne gâchiez jamais la moindre occasion d'apprendre...

Chaque jour, je rencontrais le roi Mirhage. Je lui confiais toutes les pensées que m'inspirait son royaume et lui, en échange, m'invitait à parcourir tel quartier de sa capitale, à rencontrer telle corporation.

Un matin, il me conseilla de visiter quelques-unes de ses provinces, dispersées sur l'océan.

Je restai en mer pendant des semaines. Je fis la connaissance des gouverneurs du royaume, des chefs de tribus, j'accostai sur des dizaines d'îles. La plus étrange de toutes est l'île de Cassel. Elle est couverte d'une forêt d'épineux au feuillage noir qui descend jusqu'à la lisière de l'océan dont les eaux, à cet endroit, sont blanches comme le lait. On prétend que Degial, le diable borgne, s'y est installé en attendant le Jugement dernier et que chaque nuit, il inspecte son domaine, en tapant sur des gongs pour éloigner les navires.

Un diable musicien ? J'ai voulu voir, vous pensez bien. Je fis mettre en panne et attendis plusieurs jours au large de Cassel, malgré la terreur de mon équipage. Mais le démon demeura terré dans ses tunnels ! Je n'aperçus que des poissons à têtes de hiboux et des poissons volants, longs comme des mâts, qui s'enfuyaient dès qu'on tapait des mains...

*

À mon retour, je ne retrouvai pas la capitale comme je l'avais quittée. Elle n'avait pas changé ; c'était moi qui ne savais plus la regarder. Elle m'avait donné le goût de découvrir et maintenant ne me suffisait plus. Il me fallait trouver un moyen de partir.

Dès lors, je passai toutes mes journées sur les quais, à guetter au loin la forme des voiles qui se profilaient.

C'est ainsi que j'aperçus, dans le désordre des marchandises entassées sur le débarcadère, des paquets enveloppés d'une toile où mon nom était écrit.

Mon nom, ici, à des centaines de parasanges[1] de mon pays ! Mon nom ! Et cette toile d'emballage ! Et ces ballots ! Je les reconnaissais. Je pouvais en décrire le contenu sans les ouvrir. Il y avait, ici, une charge de résine d'encens ; là, trois balles de fibres de palme ; deux de soieries indiennes. Et ces billes de santal que des portefaix descendaient de ce navire. Ce navire, justement... Comment n'avais-je pas remarqué ce navire ?

C'était le boutre où j'avais embarqué à Bassorah et, sur le tillac de poupe, surveillant les allées et venues des porteurs, un homme : le capitaine omanais.

Je l'interpellai et lui demandai en plaisantant si ces marchandises étaient à vendre.

"Si elles vous intéressent, elles sont à vous ! me répondit-il. Elles appartenaient à un marchand de Bagdad. Un nommé Sindbad. Il a péri en mer, voilà plusieurs mois, noyé dans un naufrage. J'ai conservé ses biens, dans l'espoir de les vendre. Les bénéfices iront à sa famille. Êtes-vous acquéreur ?"

Le capitaine me parlait comme aux marchands du

1. Parasange : unité de longueur représentant 6 km.

ıdbad, murmura-t-il, comme vous avez gé."

se confondit en excuses et, me prenant dans ses as, laissa éclater sa joie :

"Sindbad, pardonnez-moi. Ces marchandises sont à vous, bien sûr. Reprenez-en possession."

Les marins me reconnaissaient à leur tour, poussaient des cris de joie, et tout le groupe qui nous entourait. Des curieux s'approchaient, questionnaient, repartaient, répandaient la nouvelle : Sindbad avait retrouvé les siens ! Sindbad allait rentrer au pays !

À compter de cet instant, j'organisai mon départ.

J'offris une partie de mes marchandises au capitaine, pour le dédommager de les avoir gardées. Il ne voulut rien accepter. Je revendis tout et achetai en échange le meilleur bois d'aloès, du camphre et du girofle, du poivre noir et du gingembre. Les amitiés que je m'étais faites dans le pays me permirent d'acquérir cette cargaison à bon prix.

Je retrouvai dans mes bagages un collier de perles noires. Je l'avais échangé avec un pêcheur, peu avant mon naufrage, contre un couteau à lame d'acier. C'était le seul trésor qui me restait de cette vie déjà lointaine.

Je voulais l'offrir au roi Mirhage, pour le remercier de son hospitalité. Il s'émerveilla de l'orient des perles, les mira dans la lumière, et posa une dernière fois sur moi son regard doré qui levait tous les mystères.

“Il faut voir les richesses du dehors comme le reflet des richesses du dedans, me dit-il en soupesant le collier. On ne peut posséder d’aussi précieux objets, sans posséder en soi des qualités aussi rares.”

Et, disant cela, il me fit remettre cent fois ce que je lui donnais :

“Voici de quoi les faire mûrir !” ajouta-t-il en guise d’explication.

Il se leva et je compris que nos adieux étaient terminés :

“Retourne vers les tiens et continue ta route.”

Je ne revis jamais le roi Mirhage.

*

Quelques semaines après, je débarquais à Bassorah. J’y négociai une partie de ma cargaison et rassemblai le reste sur un chaland, qui remonta le fleuve jusqu’à Bagdad.

Après des mois d’océan, je retrouvais les lumières de ma terre, le frémissement blanc de la poussière et, dans les villes où je faisais étape, le miracle mélodieux de la langue arabe qui savait chanter la vigueur de ce pays.

À Bagdad, j’écoulai facilement les marchandises qui me restaient, pour une grande part auprès de marchands vénitiens qui regagnaient la *mer d'En Haut*[1] par Balis et Alep.

Je me trouvais riche de cent mille dinars et je savais comment administrer cette fortune. J'en fis trois parts : la première destinée à subvenir à mes besoins présents, la deuxième pour assurer mon avenir, la troisième pour parer les revers du sort.

Avec celle-ci, j'achetai des rubis et des émeraudes, de la vaisselle de porcelaine, des aiguières d'or et d'argent, des bijoux, de l'orfèvrerie.

Je plaçai la seconde chez différents négociants qui se livraient au commerce avec les villes d'Anatolie, d'Azerbaïdjan et de Transoxiane par les pistes montagneuses, moins aléatoires que les voies maritimes.

Avec la première, j'achetai de vastes étendues de terres disponibles au bord du fleuve. C'est là que je voulais m'établir. J'engageai des architectes et des maçons, des spécialistes de l'irrigation, des jardiniers. Je rêvais d'un immense domaine à construire. Je voyais des appartements ouverts sur des jardins rafraîchis par des fontaines d'eaux vives. Je voyais des tours crénelées, des voûtes surmontées de coupoles. Je voyais un bain, une bibliothèque personnelle et des poètes à mes côtés, des copistes, des érudits. Je voyais, perpendiculaire

1. Mer d'En Haut : Méditerranée.

au Tigre, un grand jardin, plus long que large, pour ne pas fatiguer les yeux, un réseau de canaux qui irriguaient des vergers, plantés d'arbres rares importés des îles. Je voyais un harem pour honorer la vie et une mosquée pour remercier Allah.

Mais à l'issue de ce premier voyage, je n'en étais encore qu'à mes premières fondations... »

*

Sindbad, alors, fit signe à ses musiciens de jouer et resta silencieux, un peu grisé par le parfum des souvenirs qu'il venait de brasser.

Hindbad à son côté le dévisageait, sans comprendre pourquoi un être de cette qualité prenait la peine de raconter sa vie à un miséreux comme lui.

Sindbad, sans doute, l'entendit penser, car il se tourna vers lui et sourit, puis il demanda à son intendant de lui apporter une bourse de cent dinars. Il l'offrit à Hindbad et lui dit, en désignant ses haillons :

« Jette tes guenilles ! Change de peau ! Voilà de quoi t'aider à réfléchir sur la manière d'y parvenir. Mais ne gémis plus jamais sur la dureté de ta condition, et cesse de jalouser la prospérité des autres. Ce n'est pas le bon moyen. »

« Tu m'as écouté. Je souhaite que tu aies commencé

à m'entendre. Mais tu as encore besoin d'apprendre. Reviens demain. »

Deux serviteurs reconduisirent Hindbad à travers une succession de cours et de corridors. La douceur de la lumière tamisée par la végétation alternait avec la fraîcheur de la pénombre. Les pas glissaient sur les mosaïques du sol, leur frôlement se laissait boire par la litanie paisible des fontaines. Hindbad se sentait léger.

Dehors, il retrouva la blancheur plombante du ciel, la poussière. Ses tapis avaient été livrés et, comme la journée était bien avancée, il décida de rentrer chez lui. Sous sa chemise, la bourse de Sindbad appuyait contre son ventre.

« Cent dinars ! Gagner en une journée ce que je ne gagne même pas en un an ! Sans compter la nourriture et la musique ! »

Mais, plus que cet or, les paroles de Sindbad avaient allumé un incendie dans ses pensées :

« Changer de peau... Changer de peau... Les riches ne peuvent s'empêcher de parler comme des riches... De commander, parce qu'ils sont sûrs d'être obéis... De tirer des plans sur la comète parce qu'ils ont toujours mille projets en tête. Est-ce que j'ai des idées seulement ? »

Il éclata de rire. Un rire de colère, de dérision qui emporta tout son bien-être.

« Les pauvres n'ont pas d'idées, à force de pauvreté ! s'écria-t-il. Pas d'idées ! Pas de projets, jamais ! »

Il s'était arrêté au milieu de la rue, essoufflé, surpris de marcher si vite.

« Des idées, soupira-t-il. Voilà que je me mets à vouloir des idées... »

3

Deuxième voyage : Le trésor des serpents

Le lendemain, Hindbad revint se présenter à la porte de Sindbad. Il avait dépoussiéré sa tunique, lavé son turban et taillé sa barbe. Sindbad l'accueillit comme un vieil ami et le complimenta de son visage frais, de sa bonne mine.

« Mon frère, lui dit-il en l'embrassant, je suis heureux de te voir si bien disposé. Viens t'installer à la place que tu occupais hier. »

Un repas était servi comme la veille et Hindbad, un peu moins intimidé, fut plus attentif à l'organisation de la table, à la présentation des mets.

Chaque invité avait à son côté un tabouret de bois sculpté où des figurines d'ambre gris étaient disposées, mêlant leur parfum à ceux qui émanaient de cassolettes d'argent ciselé.

Hindbad goûta de tout ce qu'on lui présenta : des alouettes aux raisins blancs, des mésanges confites dans du sirop de dattes, des cuisses de gazelles, servies avec des pâtés de riz nappés de noix de coco râpée, des salades de lupin, des salades de légumes au lait caillé, des galettes flambées à l'alcool de palme, du miel de figues aux amandes... Nourritures nouvelles, rapportées par Sindbad de ses voyages, composées sur ses indications et arrosées de vin vieux d'amphore, de lait de buffle fermenté, de jus de limon et de grenade, de liqueur d'oranges macérées dans la cannelle et le girofle...

Quand chacun fut rassasié, Sindbad renvoya ses musiciens.

« Lorsqu'on a survécu à un naufrage, dit-il, et retrouvé le pays que l'on redoutait de perdre, on reste, pendant des jours, nourri par le simple bonheur de marcher sur un sol stable. On jure de ne jamais plus s'en éloigner. »

Sindbad parlait et chacun, en l'écoutant, comprit qu'il se préparait à raconter son deuxième voyage.

« J'étais ainsi à mon retour : épuisé par la mouvance de l'océan, ses mystères imprévisibles. Je ne désirais que me consacrer à mes projets, m'établir dans ma ville, me faire connaître.

Mes premières caravanes, par chance, évitèrent les

embuscades des révoltes locales, les guerres entre tribus bédouines, et me rapportèrent des bénéfices substantiels. J'installai un comptoir à Bukhara en Transoxiane, riche de ses cotonniers, de ses mines d'or et de cuivre, un autre à Baku, au pays des sources de bitume. Je m'associai avec des entrepositaires et des exportateurs. En quelques années, mes affaires étaient devenues florissantes, mon capital avait doublé et le chantier de ma maison progressait sans incident.

Un soir, je regardais la dérivation du fleuve alimenter mes canaux d'irrigation et je rêvais à l'aménagement de mon futur jardin, lorsque j'entendis en moi la voix d'un vieux compagnon qui ne m'avait pas parlé depuis longtemps :

“Serais-tu encore capable, disait-elle, de te risquer sur l'eau véritable ? Non pas cette eau apprivoisée pour ton bien-être, mais l'eau puissante, l'eau violente qui abrase la volonté, affûte le caractère, oblige à hurler pour stimuler son courage ? Serais-tu encore capable de regarder l'océan, sans détourner les yeux ?”

Cette voix, je me savais capable de tout quitter pour l'empêcher de se taire. Le lendemain, je décidais de repartir.

Je descendis à Bassorah, sans idée sur ma destination. J'y trouvai des négociants réputés pour leur sérieux. Ils m'acceptèrent dans leur association et je m'embarquai avec eux sur un *ghanja* de vingt mètres qui profitait de la mousson d'hiver pour gagner Zanzibar après avoir caboté le long des côtes d'Arabie.

Nous faisions escale dans tous les ports importants : Sohar, Mascate, Sur, Sumharan... Nous achetions, nous revendions : des plantes médicinales, de la myrrhe, des étoffes, des minerais, des céréales, selon les ressources locales, selon les besoins. Puis, une fois à Aden, notre capitaine nous dirigea vers l'île de Socotra et de là, se laissa mener par les courants. Nous ne tenions aucun cap et les vents, bien portants, ouvraient notre route.

Ils nous poussèrent, un jour, sur les atterrages d'une côte recouverte d'une végétation si riche en couleurs qu'elle nous incita à la visiter aussitôt.

Cette île se présentait comme un verger. Tout entière plantée d'arbres fruitiers qui poussaient dans des prairies de fleurs. Je reconnus de hauts manguiers à leur feuillage en coupole, piqueté de fruits dorés, des papayers ébouriffés, et des jacquiers, et des artocarpus dont les fruits dégagent une odeur de pain frais lorsqu'on les cuit.

Il y avait sur cette terre de quoi se nourrir et se désaltérer sans peine, mais personne ne profitait de ces merveilles. En effet, après avoir sillonné l'île dans tous les sens à la recherche des jardiniers, nous ne découvrîmes ni village, ni la moindre cabane, ni même un seul être vivant.

“Alors, ces douceurs appartiennent à ceux qui les

découvrent, décidèrent quelques-uns de mes compagnons. Servons-nous !"

Ils voulurent goûter de tout. Ils croquaient une bouchée, savouraient ou grimaçaient, puis jetaient le fruit pour en choisir un autre, mordaient, crachaient, puis mordaient encore, dégustaient, comparaient les saveurs...

Ils gaspillaient beaucoup et ils riaient, enivrés par l'abondance.

Quand ils eurent tout bien goûté, ils voulurent cueillir, récolter pour ainsi dire et ils récoltèrent... comme ceux qui n'ont pas eu la peine de cultiver. Sans penser à l'avenir des plantes, en saccageant.

Moi, je préférais contempler. Je m'éloignai d'eux.

*

Je déjeunai à l'écart, assis devant le paysage, et je fermai les yeux. Je respirais les effluves qui se dégageaient du grand corps paisible de l'île. J'essayais de distinguer des nuances, j'entrais dans l'humeur des parfums et je glissais dans l'air. J'étais vapeur. Je visitais le cœur des arbres, je goûtais la sève et m'échappais en suintant des feuillages. J'étais piment. J'étais balancement de palme. J'étais fragment de l'île.

Je ne sais combien de temps je restai ainsi, à méditer, mais je fus bientôt surpris par le silence autour de moi. Mes compagnons ne criaient plus. Je me redressai, inquiet. J'appelai, sans qu'on me répondît. Je cherchai, sans découvrir personne. Alors, terrorisé à l'idée qu'on ait pu m'abandonner, je me précipitai vers la baie où nous avions jeté l'ancre, en hurlant pour annoncer mon arrivée.

J'atteignis le rivage juste assez tôt pour apercevoir, à l'horizon, l'éclat d'une voile qui s'éteignait, soufflée par mon regard.

Je me retrouvais, seul vivant, dans ce paradis de nature, cerné par l'océan qui brassait le sable des plages.

Je ne sais si, au cours de votre vie, vous avez une seule fois éprouvé la solitude. Je ne parle pas d'un sentiment passager d'abandon, mais de cette obscurité absolue qui déborde de vous, où chaque pas, chaque souvenir vous fait trébucher dans un isolement plus profond, au point que vous n'osez plus ni bouger ni penser, de peur de vous briser. Si oui, remémorez-vous cet instant. J'étais dans cet état.

Je regrettais d'avoir quitté Bagdad. Je m'en voulais d'avoir décidé de partir sur un coup de tête, sans mesurer les risques. Je voyais mes affaires à l'abandon, mes intendants profiter de mon absence pour me voler, les travaux que j'avais entrepris s'arrêter et les ruines commencer à gagner...

Les images de ce bonheur fracassé par ma faute

bourdonnaient en moi, creusaient mon désespoir. Je ne pouvais m'en détacher. J'étais sans résistance et je restai immobile, longtemps, ligoté par les regrets.

Après des heures, épuisé par le chagrin, je finis par accepter d'être là et regardai cette île avec la volonté, coûte que coûte, de trouver une sortie.

J'escaladai un arbre très haut et j'observai les lieux. D'un côté, l'océan courbe et le ciel, c'est-à-dire l'attente encore et l'impatience. De l'autre, la terre : l'activité, le mouvement. Je me tournai vers elle.

J'aperçus alors, qui tranchait sur la végétation, loin, une énorme sphère blanche. Le dôme d'un mausolée, d'un temple ? Une habitation peut-être où je rencontrerais des hommes, fût-ce un seul ermite. Du secours en tout cas. Une aide.

Je dégringolai de mon arbre et me précipitai dans cette direction.

Mais, à mesure que j'approchais, je découvris que cette boule, posée à même le sol, n'avait rien d'une habitation. Une fois devant elle, je n'étais pas plus avancé. Elle mesurait vingt coudées[1] de diamètre, pas moins, présentait une surface régulière, moelleuse au toucher, lisse comme une porcelaine. C'était tout ce que je pouvais en dire. J'eus beau en faire le tour plusieurs fois, l'examiner en détail à la recherche d'une

1. Coudée : unité de longueur, environ 0,50 m.

fissure, d'une ouverture, que sais-je ? Je ne découvris rien. Rien ! Pas une aspérité, pas un indice !

Je restais là, intrigué, lorsque la lumière déclina brutalement comme si la nuit tombait. Je levai les yeux et fus horrifié. Un oiseau avait provoqué ce crépuscule. Un seul oiseau, je vous le dis ! Un oiseau-montagne. Un oiseau-ouragan. Un oiseau plus grand qu'un nuage, qui passait devant le soleil.

Il était noir et ses ailes battaient le ciel en répandant une odeur de poudre à canon. Son bec paraissait assez vaste pour engloutir dix buffles et ses yeux, de chaque côté de son crâne, formaient deux dômes vitreux, étrangement translucides, qui lui donnaient un air à la fois stupide et indifférent à tout.

Ce monstre était un roc ! Je n'en avais jamais vu, mais j'avais, au cours d'une traversée, entendu des matelots en parler. J'avais cru qu'ils exagéraient, comme tous les matelots quand ils racontent leurs histoires de tempête. Mais l'oiseau était bien tel qu'ils l'avaient décrit. Hélas pour moi ! Car il m'avait repéré et volait dans ma direction.

M'enfuir risquait de l'exciter. Je décidai de me camoufler en m'abritant sous l'arrondi de la sphère.

Recroquevillé, aplati, je parvins tant bien que mal à me dissimuler. Il approchait toujours. Je sentais le ciel se boucher, un vent puissant courber les arbres, et je compris soudain la vérité. L'oiseau ne me voulait aucun mal. J'étais chez lui, tout simplement. Dans son nid ! Et cette boule gigantesque était son œuf ! Il venait pour le couver...

Le monstre tournoya un instant au-dessus de moi, ajusta sa descente. Un tourbillon de poussière me recouvrit. Je toussai, crachai. Je fus frôlé par les couteaux tranchants de ses griffes, puis, dans un frissonnement assourdissant de plumes, la bête posa son ventre lourd sur son petit et chercha ses aises en s'ébrouant.

J'avais voulu me mettre à couvert. C'était gagné !

Une chaleur moite envahit bientôt mon abri. Je suffoquais. J'étais trempé de la tête aux pieds.

"Couvé comme un poussin ! m'écriai-je. Si seulement je pouvais renaître dans une seconde vie ! Avec des ailes, moi aussi !"

Une idée très folle me traversa l'esprit.

"Mais tu les possèdes, les ailes, me dis-je. Elles viennent de te tomber du ciel. Tu possèdes même le moyen de t'en servir."

En effet, je me trouvais tout proche de la patte de l'oiseau. Je la distinguais, grosse comme le tronc d'un arbre, dans la pénombre. Il suffisait que je m'y attache solidement pour que le roc m'emporte avec lui quand il s'envolerait. Le tissu de mon turban me servirait de corde.

J'exécutai ce plan sans perdre une seconde et attendis que l'oiseau se décide à quitter son nid.

Il s'envola au matin, s'éleva très haut. Je perdis de

vue mon île, l'océan, la terre elle-même. L'oiseau continuait de monter...

Lorsqu'il fut parvenu à l'endroit où le jour retombe dans la nuit, il se laissa basculer et piqua avec une telle vitesse que je m'évanouis.

La chaleur qui montait de la terre, à mesure que nous nous en approchions, me ranima et, quand le roc toucha le sol, j'avais retrouvé assez de vigueur pour dénouer vite mon turban et le récupérer.

L'oiseau, à peine posé, fracassa d'un coup de bec l'échine d'un serpent gigantesque et l'emporta, tout gigotant, dans les airs.

Je ne revis plus jamais ce roc. Je ne pouvais en dire autant de sa proie. Mais le moment n'est pas encore venu de vous en parler.

*

Je me trouvais dans un fond de vallée encaissée. Tout autour de moi, des montagnes escarpées, infranchissables. Leurs sommets déchiquetés griffaient le ciel, d'où pleurait une lumière poussiéreuse. Aucun chemin nulle part. Je ne pouvais me diriger qu'en suivant le fond du canyon qui zigzaguait au bas des pentes.

J'étais ici dans un univers de pierres et de roches, d'ocre et de gris. Je pensais à mon île, si épanouie dans sa plénitude végétale. J'avais voulu la quitter, voir plus loin, insatisfait de ce qu'elle m'offrait et j'étais entré dans cette pauvreté minérale, ce commencement de monde.

J'avançais en aveugle, dans une immensité que je ne connaissais pas, progressant pas à pas, en m'arrêtant sur des contraires.

Puisque je n'avais pas d'autre choix, je marchai droit devant moi. Depuis mon arrivée, j'avais surtout observé les sommets, le haut des pentes. Maintenant, j'examinais avec plus d'attention le sentier cahoteux où je devais me frayer un passage entre les rochers.

C'est ainsi que mon attention se porta sur le sol de cette gorge. Il était criblé de diamants ! Des diamants de toutes les tailles, dont certains étaient plus gros que le poing. Des diamants à peine enfouis dans la terre, offerts.

J'en ramassai quelques-uns. Sous la poussière qui les ternissait, coulait une eau pure.

Une telle perfection dans un lieu aussi désolé ! Cela m'ébranla. J'y voyais la trace d'Allah. Sa signature lumineuse.

Cette pensée me redonna espoir. Je ne me sentais plus abandonné et je repris ma route.

C'est à cet instant précis que je rencontrai les reptiles. Semblables à celui que le roc avait emporté dans son bec. Longs comme des ruisseaux, vigoureux comme des lions. J'en aperçus qui lovaient leurs anneaux monstrueux sur des surplombs, qui se dissimulaient dans le chaos des rochers. Je vis des grouillements d'écailles à l'entrée des grottes qui crevaient les parois et, lorsque tout un versant ondulait comme un champ de céréales, je savais que là aussi, un nœud de serpents glissait.

Je marchai toute la journée en les devinant, ici et là, tapis. Ils m'observaient à couvert pour se protéger du roc, leur ennemi mortel, mais je savais que, le soir venu, ils sortiraient sans risques.

Il me fallait absolument trouver un refuge pour la nuit.

Je découvris une anfractuosité assez large pour y tenir à l'aise et je m'organisai rapidement, car la lumière déclinait déjà et des frôlements m'annonçaient que les serpents reprenaient de l'assurance. Je construisis un mur de pierres à l'entrée de ma cachette, je mangeai ce qui me restait de provisions et je m'installai dans l'obscurité, lové sur ma peur, en espérant trouver le sommeil.

De la nuit, je ne pus fermer l'œil. Les monstres m'avaient senti et s'étaient glissés jusqu'à moi, assiégeant ma grotte. Je les entendis ramper, passer et repasser pendant des heures, cinglant l'entrée de violents coups de queue.

Ils étaient si nombreux que l'air crissait de sifflements, qu'ils ébranlaient l'intérieur de la montagne et que parfois, en roulant les uns sur les autres, ils dégringolaient en entraînant dans leur chute des avalanches d'éboulis.

Quelle nuit abominable ! Seul au milieu de pareille horreur.

Vous ne me croirez pas, mais je fus tout prêt de leur offrir ce qu'ils me demandaient. J'étais à bout de nerfs, épuisé par leur fureur. Je m'apprêtais à démolir mon rempart pour sortir et me laisser broyer, lorsque je repensai aux diamants, si étincelants dans leur vallée si désolée.

Vous jugerez ma réaction naïve, mais je me fis l'effet d'être un diamant moi-même, jeté dans un déblai, couvert d'immondices. Je vous jure que cela me réconforta. Je vous jure que plusieurs fois, au cours de la nuit, cette pensée vint me soutenir.

Je résistai jusqu'au jour.

Aux premières lueurs du matin, je sentis la marée lourde des serpents refluer. J'attendis que le soleil fût assez haut, puis je me glissai au-dehors.

Je poursuivis mon exploration du défilé qui sinuait toujours parmi les diamants. Je les regardais avec reconnaissance. Ils m'avaient empêché de commettre une folie. Je marchai longtemps, sans revoir aucun reptile.

Ma seule résistance avait-elle réussi à les vaincre ?

J'étais épuisé et je me décidai à reprendre des forces, assis à l'ombre d'un rocher. Je m'endormis malgré moi. Très peu de temps, en vérité, car je fus réveillé par des battements sourds qui heurtaient le sol.

J'entendais encore ceux qui m'avaient martelé le cœur toute la nuit. Je me dressai en hurlant :

“Les monstres t'ont tendu un piège. Ils t'ont suivi à distance pour déjouer ta méfiance et tu t'es laissé tromper !”

*

Je demeurai ahuri de ce qui se passait en réalité.

Figurez-vous que tout autour de moi, il pleuvait. Une pluie de viande ! De viande, vous avez bien entendu. Et de fameux quartiers ! Ils tombaient du haut des falaises, s'écrasaient sur les versants et s'immobilisaient au fond de la gorge après avoir roulé sur les diamants.

Je me souvins alors d'une légende qu'on m'avait racontée jadis : *la légende de la pêche aux diamants.*

Cette pêche miraculeuse avait été inventée par des marchands qui connaissaient l'emplacement d'une vallée mystérieuse dont le sol, prétendait-on, était assez fertile pour faire pousser des pierres précieuses. Seuls les oiseaux pouvaient contempler ces trésors, car la vallée était inaccessible aux hommes.

Les marchands, malins, avaient élaboré un plan ingénieux. Chaque année, juste après la couvaison des aigles, ils escaladaient, par leurs versants faciles, les montagnes qui surplombaient cette vallée. Ils emmenaient avec eux des troupeaux de chèvres et de moutons qu'ils tuaient sur place, débitaient et jetaient en morceaux dans le précipice. La viande tombait sur les diamants qui s'incrustaient dedans. Restait ensuite à les récupérer.

C'est là que les aigles apparaissaient.

Attirés par cette aubaine de chair fraîche, ils descendaient s'approvisionner et remontaient, chargés, nourrir leurs aiglons.

Alors, les marchands accouraient, chassaient les mères des nids, arrachaient les diamants et lançaient de nouveau leurs appâts.

Un sentiment bouleversant me pétrissait. Plus fort que le soulagement de retrouver présence humaine. Je connaissais de nombreuses légendes mais elles n'étaient pour moi que des fables aimables enjolivées par le talent des conteurs. Ce jour-là, dans cette vallée perdue, je voyais, en action, une légende vivante.

Aujourd'hui, je sais que les légendes racontent la véritable histoire des hommes. Une histoire ancienne à laquelle ils ont cessé de croire. Une charte, riche de tous les possibles de la vie. Qui enseigne comment devenir montagne devant la montagne, bourrasque dans la tempête, brasier pour affronter le feu. Qui sait vous offrir l'obscurité pour ne plus craindre la nuit, la transparence des sources pour vous mêler aux rivières et bien d'autres pouvoirs que les hommes ont perdus en perdant le courage de s'émerveiller de tout.

Je sais aussi, grâce à mon aventure, que les légendes continuent de vivre, qu'elles se sont retirées, ici et là, dans des lieux secrets où elles s'économisent, prêtes à renaître dans le cœur des hommes dès qu'ils accepteront de redevenir des géants...

J'étais d'autant plus ému que je venais de découvrir un moyen de m'échapper d'ici.

“Pourquoi ne pas tenter avec un aigle ce que tu as osé avec un roc ? me dis-je. Après tout !”

Le projet était plus fou car les aigles étaient infiniment moins puissants. Mais je n'avais guère le choix.

Je commençai par bourrer le sac qui avait contenu mes provisions des plus gros diamants que je pouvais trouver, puis je m'attachai avec mon turban à une cuisse de mouton et j'attendis qu'un aigle se décidât à me ramasser.

Ce ne fut pas long. Je fus bientôt crocheté par deux serres et emporté. Le rapace ne se doutait de rien, mais je le sentais peiner. Il battait l'air furieusement, s'élevait, et soudain fléchissait, planait un instant, perdait de l'altitude et recommençait à ramer en geignant. Je ne bougeais pas, je respirais à peine, j'essayais, en restant immobile, de m'alléger, et je regardais le vide se creuser sous mon ventre en imaginant le pire. Je me voyais tomber, mon corps se fracasser, s'incruster de mille joyaux.

L'aigle parvint tout de même à me hisser et me largua comme un vulgaire gigot dans son nid, encombré de déchets qui puaient la viande faisandée. J'étais sale. Je sentais la peur, mais j'étais vivant.

Les marchands arrivaient déjà, armés de bâtons, hurlant, pour chasser le rapace et faire main basse sur les diamants.

Imaginez leur surprise lorsqu'ils virent remuer leur quartier de mouton, en jaillir un homme tout vif, tout empressé de les remercier !

Ils reculèrent, épouvantés, croyant que le mouton mort venait de se métamorphoser en être humain, et que j'étais un magicien ou un démon. Un seul, parmi eux, osa me braver. Il s'approcha, mécontent, et me traita de voleur. C'était le propriétaire du nid...

"Ho, l'ami ! Écoute d'abord avant d'injurier. J'arrive de cette oasis ! lui dis-je en désignant le précipice. J'ai cru y mourir, sans revoir jamais un visage d'homme agréable et te voici, bien venu ! Laisse-moi au moins te contempler !"

Ils furent à peine rassurés d'entendre que le démon parlait leur langue...

"Vous m'avez sauvé la vie, continuai-je. Merci !"

Et je leur racontai tout ce que vous savez déjà.

Ils m'écoutèrent sans m'interrompre, sans prêter

attention aux aigles qui tournoyaient à distance, ni aux diamants.

À la fin, j'ouvris mon sac et leur montrai ceux que j'avais ramassés.

"Voilà de quoi faire votre fortune et la mienne ! Partageons, leur proposai-je. Cela vous appartient autant qu'à moi."

Ils étaient abasourdis par mon aventure et ils refusèrent absolument les diamants que je leur offrais.

"Ce sont des pierres trop rares pour les posséder sans les avoir conquises, me répondit l'un d'eux. Nous avons ce qui nous revient. Vous, comme nous. Chacun sa juste part. Égale aux risques encourus."

C'étaient des hommes de qualité.

J'insistai néanmoins, pour dédommager le marchand dont j'avais involontairement utilisé le nid. Il se laissa fléchir, choisit la plus petite pièce de ma collection.

"Celui-ci me rembourse amplement. Ajouté à ce que j'ai déjà épargné, je vais pouvoir cesser mes affaires et vivre confortablement le reste de ma vie. J'ai largement de quoi."

Ils m'invitèrent dans leur campement. Ils m'offrirent à manger, à boire, pour que je reprenne des forces et puisse leur raconter, une nouvelle fois, mon équipée.

Ils ne se lassaient pas de m'écouter, m'interrompaient souvent, me demandaient de revenir sur des détails, frissonnaient, s'exclamaient, terrorisés comme je l'avais été, malheureux de ma solitude, de ma détresse. Et je ne me lassais pas non plus de raconter. Mes paroles m'obligeaient à revenir sur mon aventure, à la revivre. En parlant, tout se démêlait en moi. Le clair et le sombre, le doute, la fièvre, l'horreur, unis par les mots, me pétrissaient une nourriture salubre.

J'étais apaisé. Je ne redoutais plus aucun malheur.

*

Mes sauveteurs "pêchaient" depuis plusieurs jours et, le lendemain, lorsqu'ils virent que les aigles, rassasiés, dédaignaient leurs appâts, ils décidèrent de rentrer.

Je découvris la route du retour, coupée de gorges, de crevasses et infestée des mêmes reptiles que ceux de la vallée aux diamants. Ils restèrent à l'écart, sans chercher à nous surprendre.

*

Plusieurs jours de marche furent nécessaires pour descendre jusqu'à l'océan. Une barque attendait mes compagnons.

Nous gagnâmes le premier port, puis l'île de Roha. Une île couverte de forêts de camphriers gigantesques, aux feuillages si vastes que cent hommes peuvent s'y abriter sans peine.

C'est sur cette île que j'ai découvert un animal étrange : le rhinocéros. Plus grand que le buffle, plus lourd que lui, il ne craint pas l'éléphant qu'il affronte dans des combats absurdes, où chacun laisse la vie. Le premier crève le ventre du second avec la corne qui lui pousse sur le nez, puis il part en galopant, sans autre idée que galoper. L'éléphant, planté, perd son sang, sa graisse, et aveugle le rhinocéros qui finit par s'écrouler, prisonnier de sa proie. Le roc alors, qui veille au zénith, fond sur eux, les emporte dans ses serres, mélangés l'un dans l'autre, et les donne à dévorer à ses petits.

Dans cette île, j'échangeai quelques diamants contre du camphre, puis nous embarquâmes sur un boutre plus lourd.

Après d'autres îles, d'autres terres sans intérêt, notre navire parvint en vue des côtes d'Arabie, avant d'atteindre Bassorah. Bassorah la frémissante, aux parfums venus de tous les horizons.

Je quittai mes compagnons et rejoignis Bagdad, ma ville, que j'avais tant appelée durant ma solitude.

J'y retrouvai tout ce que j'avais laissé, non pas dans le même état qu'à mon départ, mais mieux établi.

J'écoulai tout le camphre que j'avais rapporté et négociai une partie des diamants.

Je distribuai beaucoup d'argent aux pauvres et aux

indigents. Ce que l'on gagne, en effet, ne nous appartient jamais en totalité, et la part de la Providence doit toujours revenir à la Providence.

J'achetai aussi des esclaves. Des hommes et des femmes. Des musiciennes et des danseuses nubiennes ainsi que des Grecs, réputés pour leur sens de l'administration.

Enfin, je poursuivis mes rêves de bâtisseur. Je fis creuser, à la manière des Ouïghours d'Asie centrale, des pièces souterraines aux murs capitonnés de feutre pour y recevoir au frais, les jours de canicule, et je me consacrai à mon jardin.

Je ne pouvais oublier cette île magnifique où le roc avait niché, et je voulais la reconstituer chez moi ; planter les mêmes arbres, y semer les mêmes fleurs, y retrouver la même paix. Et parce que je n'étais pas homme à éluder mes faiblesses, je fis creuser un étang au milieu duquel quatre serpents de bronze crachaient de grands jets d'eau claire, en direction d'un roc aux ailes ouvertes en forme de coupole. »

*

Le récit du deuxième voyage s'acheva ainsi. L'assistance se taisait. Personne n'osait bouger. Chacun goûtait le mystère que le conteur avait déposé en lui. Sindbad profita de ce silence pour se faire apporter une nouvelle bourse de cent dinars et la remettre, au vu et au su de tous, à Hindbad.

« Voilà pour toi, mon frère, lui dit-il. Voilà de quoi te souvenir de mon témoignage et te donner envie de revenir m'écouter. À demain ! »

Sindbad quitta la salle. Hindbad se retrouva seul, au milieu des autres convives qui parlaient. Certains se moquaient de sa gaucherie, d'autres enviaient sa chance et d'autres, qui ne comprenaient pas pourquoi Sindbad faisait si grand cas de lui, murmuraient à voix basse sur le cynisme de leur hôte.

Hindbad, mal à l'aise, ne s'attarda pas et s'esquiva, réjoui de son nouveau trésor, indécis quant à l'usage qu'il en ferait...

4

Troisième voyage : Les nains et le géant

Sindbad promenait son regard sur la foule de ses convives. Par petits groupes, assis en tailleur sur des sarirs[1] confortables, ils dégustaient, certains avec un peu d'appréhension, cette nourriture déroutante que Sindbad avait rapportée de ses voyages.

Lui-même mangeait peu. Il goûtait à peine aux plats que des esclaves venaient lui présenter avant de les faire circuler. On eût dit qu'il prélevait juste, du bout des doigts, de quoi raviver ses souvenirs.

Hindbad était à son côté, comme les jours précédents, tassé dans sa robe de camelot décolorée. Il

1. Sarir : lit de repos.

mangeait de tout, avec avidité, indifférent au mariage des saveurs, profitant de l'abondance.

Sindbad observait à la dérobée ses gestes empressés, son corps voûté sur la nourriture par habitude de préserver sa part, son visage empourpré par la convoitise. Il le voyait comme un minerai tout juste extrait du sol, à peine dépoussiéré. Sindbad savait qu'il devait parler et parler encore, pour convaincre cet homme d'avoir confiance en la vie.

Il attendit que l'on distribuât les sorbets, puis il attaqua :

« Au retour de mon deuxième voyage, j'avais l'impression de commencer tout juste mon existence, et je me consacrai aux projets que je vous ai déjà décrits. Ils m'occupèrent quelques mois, trouvèrent leur cadence, et finirent par n'avoir plus besoin de mon assistance. Je me mis à passer plus de temps dans la fraîcheur de mes appartements que sur mes chantiers, et les réceptions données par mes amis, l'organisation des soirées que je devais rendre, me préoccupaient davantage que la progression ou le retard de mes caravanes.

Cette insouciance finit par m'amollir. Par m'ennuyer, pour dire les choses, et cette tranquillité me décevait.

“Tu viens seulement de naître et te voilà déjà rassasié, me raillais-je. Quel appétit de vivre ! Ouvre donc tes yeux à la lumière ! Ouvre ton cœur aux émotions !

La vraie vie n'est pas là, obèse, sur des sofas de velours. La vraie vie est dans le nerf et le muscle. Dans l'affrontement. Personne ici n'a besoin de ta présence. Pars, lutte, découvre encore ou meurs de paresse à la seconde."

Je fis le choix de vivre.

Je rassemblai aussitôt assez de marchandises pour convaincre un capitaine de me prendre à son bord. Je n'emportai que des produits de Mésopotamie ou d'Arabie : des dattes, toujours prisées pour lester les navires, des figues, de la canne à sucre et du myrte, mais aussi des seaux de cuir, des jarres, des lampes à huile, des cruches en terre, des aiguières et des coupes, des chaînes de fer utiles pour protéger les ports des attaques des pirates. Productions de nos artisans, faciles à échanger avec les pays moins développés que les nôtres.

J'expédiai le tout, par chameaux, à Bassorah, où je me rendis quelques jours après. J'y précédai la caravane et j'eus le temps, une fois sur place, de m'associer avec d'autres marchands qui cherchaient à affréter un navire pour cingler vers la Chine.

La destination me convenait et le navire m'inspirait confiance. C'était une *baghala,* trois mâts, qui jaugeait ses quatre cents tonneaux. Une belle unité, sortie des chantiers navals de Sur, en Oman. Construite à la manière du pays, tout entière chevillée, et les planches de bordage cousues avec de la corde de coco. Aucun navire ne résistait mieux aux tempêtes que les baghalas qui avalaient le choc des lames avec souplesse.

Le capitaine, en outre, était un maître navigateur. Il connaissait les routes de la Chine et le passage au nord de la grande terre de Fantsour qui permet de gagner Pandouranga, puis Canton. On ne s'adressait jamais à lui, sans lui donner le titre de *Mua'llim* qu'on donne à tous les capitaines qui ont accompli ce voyage.

*

Le navire leva l'ancre un soir, avec la marée. En comptant les officiers, l'équipage, les esclaves de la coquerie et les passagers, il emportait trois cents hommes.

Une première traversée, longue, nous emmena à l'embouchure du fleuve Indus. De là, les étapes se succédèrent, de port en port, vers le sud, commandées par les affaires.

C'est au large de Calicut que notre expédition tourna court. J'étais parti chercher l'épreuve et l'épreuve m'attendait. Le ciel s'obscurcit et le vent gonfla, brassant une forte houle. Les matelots eurent à peine le temps de réduire la voilure que la tempête se déchaînait. Des grappes de rafales dures jetaient contre nous des vagues de vingt-cinq coudées de hauteur. La baghala se dressait dans l'écume, piquait au fond des creux, tirée par l'océan qui s'ouvrait plus profond à mesure qu'elle plongeait.

La cargaison avait rompu ses amarres et se fracassait dans la cale, d'un bord à l'autre, menaçant l'équilibre du navire. Les passagers hurlaient, perdaient la tête, s'épouvantaient mutuellement :

"Les dragons ! Nous avons réveillé les dragons !

— C'est l'extrémité de l'océan. Il bouillonne avant de tomber. Dix mille coudées dans le vide !"

Et chacun, selon ses peurs, voyait fondre sur lui d'horribles gueules d'animaux ou sentait le vertige du néant.

Le capitaine en personne manœuvrait. Il sut toujours garder le contact avec les flots, offrir le meilleur angle à la tempête.

Au bout de plusieurs jours, le vent mollit, le ciel se dégraissa. Notre pilote nous avait conduits de l'autre côté du cauchemar. Il était rompu de fatigue, et les survivants, exténués d'avoir cent fois tremblé devant la mort. Il nous fallut encore des jours pour reprendre nos esprits.

Pendant ce temps, la baghala, en rescapée sournoise, continua de naviguer sur son erre et acheva de nous dérouter.

Elle nous amena ainsi aux abords d'un archipel et s'immobilisa d'elle-même, en panne, à quelques encablures d'une île. Une fraîche odeur de myrte s'en exhalait et donnait envie de descendre s'y reposer.

Le Mua'llim fit mouiller l'ancre, inquiet. Il savait où nous étions. Il nous réunit tous, passagers et équipage, sur le tillac, et nous parla avec franchise :

"Je préférerais, dit-il en observant le rivage, traverser une seconde fois la tempête que nous venons d'essuyer. Toutes les îles que vous voyez sont habitées par des sauvages, et particulièrement celle-ci. Vous ne pouvez les distinguer, mais ils nous observent, soyez-en sûrs, embusqués derrière la végétation. Ils vont venir à nous. Ils vont nous envahir !"

Des passagers, alors, se mirent à crier en désignant une plage :

"Là ! Regardez !"

Tout le monde regarda. Rien ! Pas une silhouette, pas un mouvement sur le sable, mais une immobilité, un silence retenus.

"Écoutez-moi, reprit le capitaine. Ils vont nous envahir et nous nous laisserons envahir. Sans opposer de résistance, sans porter la main sur eux. Ce sont des nains, mais ne vous y fiez pas. Ils sont plus nombreux que des sauterelles. Si l'un d'eux se sent menacé, ils nous massacreront jusqu'au dernier et nous jetteront à la mer !

— Ils arrivent !" hurla la vigie.

C'est ainsi que nous les découvrons !

Ils mesurent à peine deux coudées de haut. La plage grouille, noire, comme la mer, bientôt noire à son tour, de ces insectes velus qui semblent courir sur l'eau. Ils sont sur nous en quelques instants, escaladent le navire par la proue, par la poupe. Ils s'infiltrent par les hublots, remontent par les écoutilles en traînant des passagers cachés dans les cales. Ils se perchent dans les mâts, lestes comme des singes, déchiquettent les voiles, coupent le câble de l'ancre.

Ce saccage nous laisse immobiles, étourdis par leurs sautillements, par leurs cris, dans une langue qui semble rire. Le contact de leurs mains est pire que tout. Ils palpent notre peau, plus claire que la leur, plus lisse. Ils déchirent nos vêtements pour mieux nous tâter le corps. Je frissonne, nous frissonnons tous d'horreur, devant leurs yeux qui nous dégustent.

Ils nous obligent à débarquer puis, comme si leur fête était finie, ils nous abandonnent sur le rivage et conduisent notre navire vers une île voisine.

Nous restons seuls et le capitaine qui sent notre abattement essaie de nous redonner courage :

“Nous avons besoin d'eau, de nourriture. Répartissons-nous et explorons cette île. Ensuite, nous organiserons notre défense, car il faut compter que ces sauvages ne nous laisseront pas tranquilles. Allons et retrouvons-nous ici, avant la tombée du jour !”

Les groupes se dispersent et chacun découvre sans peine de quoi boire et manger. Mais, contrairement aux directives du capitaine, tout le monde se retrouve, bien avant la nuit, au cœur de l'île, comme si, malgré nous, nous y avions tous été attirés.

Là, invisible du rivage, protégé par la végétation, se dresse une sorte de palais. Pas une de ces merveilles auxquelles nos architectes nous ont habitués, mais une bâtisse rudimentaire, cernée d'un très haut rempart de pierre et percée d'une monumentale porte d'ébène.

Que faire d'autre qu'entrer ? Dans la situation où nous sommes, qu'espérer d'autre que du secours ?

Nous entrons et, dans le vestibule d'une case grossière, nous tombons sur un monceau d'ossements humains et une poignée de broches, longues comme des lances.

Je repense aux nains, à leur manière de nous palper comme des maquignons palpent des bestiaux. Ils vont revenir. Mais quand ? Ils vont nous dévorer. Mais comment nous tueront-ils ? Voilà les questions qui me hantent. Voilà les questions que chacun broie en silence.

La réalité est bien pire. Elle est déjà là qui nous observe depuis le seuil de sa porte. La réalité rentre chez elle, comme vous, à la fin de votre journée. C'est un géant. Un monstre. Il claque les lourds vantaux d'ébène et s'approche de nous.

Il est aussi noir et velu que les nains, mais plus haut qu'un palmier. Son mufle ressemble à celui d'un cheval, avec la même lèvre supérieure fendue par le milieu, des incisives longues et carrées. Sa lèvre inférieure est aussi profonde qu'un jabot de pélican et tombe sur sa poitrine. Ses oreilles battent ses épaules en claquant lorsqu'il remue la tête et ses mains, griffues comme des serres de roc, montrent des ongles encrassés de terre et de déchets de nourriture.

Il est presque nu et son corps, habitué à fendre la cime des arbres quand il marche, à se coucher n'importe où quand il se repose, est couvert d'oiseaux morts, de branches, d'animaux écrasés et de pierres, incrustés dans sa peau ou enchevêtrés dans ses poils. Mais le plus impressionnant est encore son œil unique qui rougeoie au milieu de son front comme un brasier de forgeron.

Il s'approche et nous considère tous, l'un après l'autre, en dodinant sa hure. Son regard nous fixe longuement, semble vouloir brûler quelque chose de nous.

Lorsqu'il nous a bien observés, il me saisit par la nuque, me renifle, me tâte l'échine et, sans doute, me trouve trop sec puisqu'il me jette.

Je suffoque, asphyxié par la puanteur de son haleine, coti par sa poigne et pendant que j'essaie de retrouver un peu de vigueur, tous mes compagnons passent entre ses pattes.

Notre capitaine, le plus gras de tous, est le plus malchanceux. Après l'avoir examiné en détail, ausculté pour ainsi dire, le géant le trouve à sa convenance, saisit une broche, la lui passe au travers du corps et, après avoir soufflé sur son feu, le met à rôtir.

Une fois le malheureux cuit, le géant rentre, seul sous son toit, pour le dévorer à son aise. Son repas terminé, il revient dans la cour, tombe dans la poussière et s'endort.

Il ronfle toute la nuit.

Nous sommes assommés par les horreurs de cette journée. Personne ne ferme l'œil mais aucun n'est capable d'un mot de réconfort pour les autres.

Au matin, le monstre se réveille, grogne de plaisir en nous apercevant, puis se lève et quitte son château, laissant sa porte ouverte comme nous l'avons trouvée la veille.

Son départ nous soulage. Certains s'abandonnent, vident leur désespoir. D'autres retrouvent l'envie de combattre :

"Profitons-en ! Nous trouverons bien un moyen de nous cacher !

— De déguerpir, peut-être !"

Ils finissent par nous convaincre. Nous nous enfuyons et nous nous heurtons bientôt à un étrange phénomène... »

*

À cet instant, Sindbad marqua une pause dans son récit. Il regarda longuement ses invités trop confortablement installés, si étrangers, malgré leur attention, au dégoût qu'il avait éprouvé sur cette île. Il les trouvait fragiles, sans résistance, et il espérait, pour leur maturité, que le malheur un jour viendrait leur chauffer les reins. Seul entre tous, Hindbad pouvait comprendre ses propos.

C'est donc pour lui qu'il poursuivit, d'une voix frémissante :

« Imagine, mon frère, une troupe d'hommes décidés à échapper à un monstre, battant l'île qui les emprisonne à la recherche d'un refuge. Imagine ces hommes, déterminés contre la pire des morts et imagine leur stupeur, lorsqu'ils découvrent que leurs pas, où qu'ils aillent, les ramènent toujours à leur point de départ. Devant la porte d'ébène ! Grande ouverte comme une invitation...

À la fin de la journée, après de multiples tentatives, nous sommes obligés de renoncer.

Le géant rentre, nous trouve tels qu'ils nous a laissés. De la même manière que la veille, il fait cuire son dîner et de la même manière, digère en ronflant jusqu'au lendemain matin, pour repartir à l'aube.

À peine a-t-il tourné les talons qu'un homme se dresse, hors de lui et hurle contre nous :

"Regardez-le s'éloigner ! Regardez bien son dos ! Ce soir, c'est son ventre que vous verrez ! Toi peut-être, parce que tu es assez rond ! Ou toi, parce qu'il n'aura pas d'appétit ! Ou vous cinq, parce qu'il voudra ripailler ! Voilà ce qui vous guette aujourd'hui, ou demain, inéluctablement ! Pas moi ! Je m'évade, je me délivre. Par mes propres moyens. Je préfère me jeter dans l'océan, plutôt que d'attendre mollement la décision de cette bête de me griller !"

Il s'en va. Ses paroles ont fléchi les plus faibles. Plusieurs hommes se lèvent, tête basse, et d'autres suivent, résignés, jusqu'à ce que l'un d'entre nous s'écrie :

"Ne faites pas cela ! Mettre fin à ses jours est une offense au Créateur, vous le savez. L'obstacle que vous évitez ici vous attend, plus insurmontable, de l'autre côté de la vie. Espérez encore. Un jour de plus. Attaquons-nous à l'ogre. Oui, attaquons-nous à lui. Cessons de l'esquiver. Regroupons-nous pour le détruire. Nous avons besoin de vous !"

J'étais du même avis. J'avais envisagé toute la nuit dix manières d'éliminer notre geôlier. Je n'en avais retenu qu'une, après avoir imaginé tous les moyens de la faire échouer. Elle me semblait sûre et valait la peine d'être tentée.

Je pris la parole à mon tour et j'exposai mon projet. Mes compagnons m'écoutèrent en silence. Un silence déjà réchauffé par leur envie de se rebeller.

"Voilà ! leur dis-je à la fin, vous savez tout. Mais en attendant cette nuit, ne perdons pas un instant. Vous avez vu que les rivages de l'île sont jonchés de bois mort. Construisons des radeaux et tenons-les prêts, dissimulés dans les buissons. Si notre plan réussit, ils nous seront inutiles. S'il échoue, ils nous permettront de fuir. Allah tient l'océan dans le creux de sa main. S'il le permet, nous croiserons des navires."

Ceux qui jugent mon projet trop dangereux se laissent convaincre par l'enthousiasme des autres. Tous les hommes m'approuvent et je les emmène aussitôt, avant que leur inquiétude ne reprenne le dessus. Je ne les quitte pas. Toute la journée, je vais d'un groupe à l'autre. Je parle, je plaisante avec eux. Le travail de leurs mains, peu à peu, écarte le géant de leurs pensées. Ils ne voient plus que leur radeau. Ils le fignolent, le renforcent, doublent les ligatures.

Chaque embarcation était prévue pour accueillir trois passagers. Au moment de regagner notre prison, nous possédions une flottille suffisante.

Le géant réintégra son palais presque en même temps que nous et il fallut supporter, une fois encore, de voir mourir un autre de nos camarades. C'était celui qui, le matin justement, avait si bien réconforté ceux qui désespéraient.

La perte de cet ami nous donna une raison supplémentaire d'en finir. »

Sindbad s'interrompit une seconde fois. Il porta à ses lèvres une coupe de vin frais et se désaltéra lentement.

« Maintenant, reprit-il, fermez les yeux, mes princes, et laissez mes paroles dessiner dans vos pensées. Sentez la nuit saisir votre cœur. La soudaine nuit des tropiques. Voyez cent hommes, rescapés du malheur, à l'affût. Dans la cour, le feu qui a servi au supplice continue de brûler. Le monstre sort de son antre, rassasié, et, comme les jours passés, s'endort lourdement. Dix braves se lèvent. Ils saisissent dix broches et les plongent à rougir dans le brasier. Ils attendent. Ils sont aplatis sur le sol, se confondent avec le sable noir de la nuit. Lorsque le fer, de l'orangé vire au blanc, ils reprennent leurs piques, se glissent jusqu'au géant affalé et, tous ensemble, d'un même mouvement, les enfoncent dans son œil avec une telle violence qu'elles y pénètrent jusqu'à la poignée. Dix lames pour éteindre à jamais le regard brûlant de la bête !

Le géant se réveille, porte les mains à son front en hurlant, touche sa plaie, secoue la tête comme pour écarter l'obscurité qui l'enveloppe. Il se dresse, marche, heurte les remparts de son palais, fracasse la porte, tombe, se précipite à quatre pattes avec la vivacité d'une chèvre, cherche à saisir ses agresseurs. Mais ses grands gestes fauchent le vide. Il souffle, il geint. Il entend les hommes s'enfuir ; leurs cris de peur, car il les effraie encore ; leur course affolée qui tambourine sur le sol. Alors, pour leur dire qu'il reste le plus grand, il jette hors de lui ce séisme de douleur qui roule dans son corps. Il frappe la terre à son tour, saute et rebondit. Improvise une horrible danse de souffrance en lançant vers les étoiles un feulement de diable fou.

Les fuyards, qui ont atteint le rivage, frissonnent. Ils sortent leurs radeaux, les traînent jusqu'aux premières vagues, scrutent la nuit impénétrable et renoncent.

Ils attendent le jour et, comme le géant a fini par se taire, ils espèrent déjà qu'il a succombé. Certains envisagent même de rester...

"Nous verrons bien au matin. Si nous ne l'entendons plus, c'est qu'il est mort.

— À quoi bon nous risquer sur les flots, alors ?"

Mais l'aube encore grise n'a pas fini de blanchir le ciel, qu'un vent étrange bouscule les feuillages. La forêt vibre de grondements lourds. On dirait des arbres qui s'abattent. Les hommes comprennent que leur mort marche toujours. Ils poussent leurs radeaux, les mettent à flot et pagaient.

Une fois dégagés de la côte, ils voient ! Non pas un, mais dix, mais vingt cyclopes, aussi hauts, aussi furieux que le leur.

Deux d'entre eux conduisent l'aveugle qui a flairé ses proies et s'agite en grognant. Les autres saisissent des rochers et les catapultent vers les embarcations. Ils sont adroits et leurs coups portent. Beaucoup d'hommes meurent écrasés, noyés. Les géants ne renoncent pas. Ils parviennent au rivage en ajustant leurs tirs. Ils pénètrent dans l'eau et continuent d'avancer en jetant leurs munitions dans une crépitation de bois brisé.

Ils ne s'arrêtent que lorsque les fugitifs sont hors de portée. Il ne reste sur l'eau qu'un seul minuscule radeau et ses trois occupants : deux camarades et moi.

Nous nous embrassons et poussons des cris de victoire. Mais notre joie dure peu. À cause de nos amis engloutis, à cause de l'océan. Notre plancher n'est pas plus résistant qu'une feuille de figuier et nos rames nous sont bientôt inutiles car des courants nous prennent et nous emportent. Pilotes invisibles, ils connaissent notre route et font l'itinéraire. Comment se dérober ? Lorsque nous croisons des îles, nous avons beau pagayer, tous nos efforts pour nous rapprocher sont vains. Nous nous écartons. Ce ne sont pas nos îles. La nôtre est plus éloignée. Nous l'atteindrons peut-être...

La journée se passe et la nuit prend son quart. À la relève du matin, alors que nous n'attendons plus rien, une terre surgit de l'ombre. Nous allons sur elle. Voici l'étape.

Nous y trouvons de quoi vivre. Pas un festin de chair et de vin. Des baies seulement, qui poussent sur des buissons très épineux. Nous passons toute la journée à grappiller ici et là pour reconstituer nos forces.

Le soir, nous nous endormons tous les trois sur la plage, un peu réconfortés.

"Demain, proposé-je, nous nous enfoncerons vers l'intérieur. Nous chercherons. Qui sait, après l'île du malheur, nous trouverons peut-être la délivrance ? Gardons confiance."

*

Et la délivrance arrive. Elle rampe avec un bruit de crécelle sèche. Elle se tortille. C'est un serpent immense, long comme un cocotier, gras comme un ventre de bélier. Il capture l'un de nous trois et le happe dans sa gueule.

Le malheureux crie, se débat, mais le reptile, plusieurs fois, le frappe contre le sol en le serrant dans ses mâchoires, puis l'engloutit, inanimé.

Nous prenons la fuite sans pouvoir secourir notre ami et, quelques heures après, aux aguets, encore tremblants, nous entendons frémir, dans le clair de la nuit, un étrange craquement de fagots qui se fracassent.

Le lendemain matin, nous comprenons la cause de ce mystère. Le serpent, après avoir digéré sa proie, a rendu en vrac tous les ossements.

"Nous sommes perdus, gémit mon compagnon. Échapper à l'estomac d'un cyclope, pour finir dans celui d'un reptile ! Nous n'en sortirons jamais...

— Cherchons, lui dis-je. Nous avons une grande

journée devant nous. Il ne reviendra pas avant la nuit. »

Nous battons en long et en large cette île qui n'est pas bien grande et nous ne découvrons, parmi les épineux, qu'un seul arbre véritable, assez haut et branchu. Nous décidons de nous y réfugier et passons le temps qui nous reste à aménager des couchettes dans son feuillage.

Le soir tombe et nous nous perchons. Je suis coincé dans la plus haute fourche de l'arbre. Mon camarade, juste au-dessous. Nous ne dormons pas. Nous guettons. L'océan régulier bat sa pâte lourde. Les coquillages, en roulant sur le sable, pépient avec des grésillements d'huile chaude. Les heures passent ainsi, seconde après seconde, tendues, volées sur la peur.

Le premier crépitement d'écailles est presque un soulagement. La bête arrive, sécrétée par la nuit et l'océan. Elle se dirige en sinuant vers notre refuge. Elle ne nous cherche pas. Elle sait. Elle s'enroule autour du tronc, s'étire le long de chaque branche, râpe le mou de son ventre contre l'écorce rugueuse et soudain fuse, saisit l'homme, broie, tue, puis redescend le long de l'arbre avec indolence et s'isole dans le noir pour déglutir.

Je ne bouge pas. Rameau parmi les rameaux, j'entends à peine le vomissement d'os du reptile rassasié. Lorsque je descends de mon arbre, le soleil est déjà chaud. Je marche. Je ne me dirige plus et mes pas me conduisent vers l'océan. La tentation d'en finir. De renoncer. Disparaître dans le bleu. Me fondre.

Je pense au serpent. La nuit prochaine, il reviendra pour moi, me cueillera. Tous mes compagnons sont tombés les uns après les autres, comme pour m'abandonner, nu devant la bête.

Je pense à mon précédent voyage. Aux serpents de la vallée aux diamants, à leur attaque nocturne. Je sens le monstre en moi, son venin m'engourdir et, dans la même image, je revois les diamants de la vallée scintiller par éclats, m'inciter à la vie. Et j'entends ma bouche prononcer des mots que je ne connais pas :

"Pour trouver la guérison, fouille au sein de la maladie !"

Ces mots m'emplissent, m'offrent la vision de mon île couverte de ses buissons, mais gigantesques, mais hérissés. Comme pour me les désigner.

"Regarde !"

Et je comprends.

Alors, je tourne le dos au rivage et j'engage le duel. Je rassemble tout ce que je peux glaner de branches mortes, d'arbustes desséchés. J'en forme des fagots que j'emmêle, toutes épines dressées. Je couvre un large périmètre tout autour de l'arbre et je garnis la base du tronc sur une hauteur de quatre coudées.

À la nuit tombante, je m'installe comme la veille et j'attends. Le serpent revient plus tôt, déterminé, et s'arrête devant ma barricade. Il se dresse et se balance en suçotant sa langue. Il tourne autour de l'obstacle, intrigué, l'écarte de ses coups de fouet. Un buisson se plante dans sa queue et lui, se croyant attaqué, plonge sur l'ennemi, l'écrase sous ses anneaux et jaillit, raidi par la douleur, en crachant.

L'air empeste le venin. La bête charge à nouveau, se blesse, siffle et souffle, cingle le sol, puis se jette en avant, essaie d'atteindre l'arbre et se fiche sur les pointes.

Les assauts se multiplient, violents, coupés de pauses. Le monstre épuisé décroche, s'enroule à distance, refait ses forces, attend, guette et revient de temps en temps inspecter mes défenses.

Il m'assiège ainsi toute la nuit et disparaît avec le jour. Je sais qu'il reviendra. Je sais qu'il me faut colmater les brèches, ramasser d'autres épines, consolider mon rempart. Je sais ! Mais je suis écœuré par toute cette nuit de fureur. Je suis épuisé par sept jours et sept nuits de tension. Je renonce à lutter.

Je reviens au rivage. Je m'affale sur la dune. L'océan ronge la côte. J'écoute son roulement de fantasia. J'attends que ses chevaux m'emportent et je songe.

Je revois la tempête qui m'a conduit à pied d'œuvre, devant toutes ces batailles à livrer : le grouillement sardonique des nains, le géant, l'opiniâtreté du serpent et, à travers eux, la difficulté d'accepter mon impuissance, la gêne de me sentir désespéré, la honte, oui la honte de continuer à vivre quand tous les autres meurent. Toutes ces batailles livrées contre moi-même...

Est-ce que ces monstres s'abreuvent en moi ? Y trouvent des échos, des frères vivants, semblables, exactement ? Est-ce la lie de mon cœur qui a pris corps dans toutes ces figures primitives ?

Je suis affalé sur la dune et je songe à cette source amère. J'aimerais si fort qu'elle soit tarie. J'écoute les cavaleries de l'océan. Je lève les yeux et j'espère voir monter la mort...

Et la mort attendue monte. Blanche, triangulaire comme une voile. Elle croise au large, toute gonflée de vent et semble s'approcher.

Et la mort blanche tranche l'océan et parade, lourde, navigante. Je distingue soudain un mât, deux mâts. La mort est un navire !

Alors, j'arrache mon turban et je l'agite au vent comme le prophète son étendard. Je hurle en courant. Un canot se détache de la coque. On m'a vu. La mort m'apporte la vie sauve. On me recueille et on m'emporte à bord.

Je suis à peine sur le pont que l'équipage et les passagers m'entourent. Tout le monde veut savoir comment un homme a pu survivre sur cet îlot désert. Mais le capitaine ordonne qu'on m'offre de l'eau d'abord, de la nourriture, des vêtements propres.

Je bois et je mange, assez peu car la paix qui règne sur ce navire suffit à me nourrir.

Une fois débarrassé de mes habits déchirés, à l'aise dans une tunique propre, je leur offre ce qu'ils attendent : le récit de mon aventure.

Je raconte longtemps, de tout mon cœur. Je témoigne du désastre, fidèle au moindre détail. Je remercie mes sauveteurs en leur brossant une vérité complète. Parfois je frissonne, parfois je m'interromps, la voix brisée par le souvenir de mes compagnons, parfois l'haleine fétide du serpent revient planer sur moi et je suffoque. Tous m'écoutent. Quelques-uns avaient entendu parler du reptile, quelques autres des anthropophages, mais aucun n'avait entendu dire qu'un homme leur avait échappé.

Ils me regardent avec respect en me plaignant beaucoup et le vent lui-même s'est posé sur les vergues pour m'écouter. Je l'entends murmurer pour moi seul :

“L'océan donne la vie. Tout meurt et tout renaît par lui. Ne crains pas l'océan. Tu es né homme et tu renais Marin. Lève-toi, vivant ! Retourne à ta vie, nouveau-né. Deviens Sindbad le Marin !”

Et le vent se lève à son tour. Il enfle. Je l'entends courir par les flots et colporter l'aventure étonnante de Sindbad le Marin... »

*

Dans la salle à manger, les auditeurs de Sindbad, tenus en haleine, se détendirent en souriant, décroisèrent leurs jambes et échangèrent, éblouis, de voisin à voisin, leurs opinions. Mais Sindbad, pour les garder à sa main, reprit le fil du conte et poursuivit.

« Vous connaissez maintenant l'essentiel de ce voyage, mais vous perdriez un détail étrange si je l'interrompais là.

Dans les jours qui suivirent mon sauvetage, mes forces revinrent et, avec elles, mes habitudes de marchand.

Un matin, alors que nous nous apprêtions à entrer dans le port de l'île de Salahat où l'on exploite le bois de santal, le capitaine m'interpella.

“Frère, me dit-il, j'ai avec moi des denrées qui m'encombrent depuis des années. Elles appartenaient à un marchand de mon bord disparu en mer. Depuis ce jour, j'essaie de les vendre pour me débarrasser mais je n'arrive pas à m'en défaire. J'ai déjà dû, à contrecœur, en jeter une partie : des céréales germées, des plantes moisies... C'est vraiment du gâchis, mais que veux-tu, je ne sais pas négocier. Je ne sais que naviguer. Chacun son métier.

— Et puis ?

— Veux-tu t'en occuper ? Il reste des étoffes, et du minerai dans la soute. Je remettrai le produit de la vente à ses héritiers s'il en a et toi, tu prendras ton bénéfice sur la transaction, c'est normal. Tu trouveras facilement à l'investir ici. L'île est riche."

Évidemment, je sautai sur l'aubaine, trop heureux de prendre un peu d'activité.

"Tiens, me dit-il en désignant un amas de ballots qui encombrait un coin du tillac, ouvre-les. Ils sont à toi."

À ce moment-là, l'écrivain du bord, chargé de tenir les registres de propriété, s'adressa à nous :

"À qui appartenaient-ils ? Et sous quel nom dois-je les enregistrer, maintenant ?

— Le propriétaire demeurait à Bagdad, répondit le capitaine. Il s'appelait Sindbad !"

J'entendis mon nom. Il réveillait en moi des souvenirs anciens. Ceux d'une vie lointaine, déjà presque oubliée.

J'entendis mon nom et je regardai, au milieu des images du passé qui surgissaient, l'homme qui venait de le prononcer. Je le reconnus. C'était bien lui, un peu vieilli, séché par le vent. C'était le capitaine du *ghanja,* avec lequel nous avions caboté sur les côtes d'Arabie. Et je reconnus le navire.

Mais l'écrivain du bord s'impatientait. Il insista.

"Et vous ? Votre nom ?

— Tu vas bientôt l'apprendre, lui dis-je. Écoute !"

Et je demandai au capitaine :

"Ce Sindbad, comment a-t-il disparu, au juste ?

— De la façon la plus bête. Nous avions jeté

l'ancre devant une île et il avait accompagné les matelots chargés de l'aiguade, avec d'autres marchands. Lorsqu'ils ont regagné le bord, nous étions tous si émerveillés par les fleurs et les fruits qu'ils rapportaient, que personne n'a vu qu'il manquait un homme. Nous avons quitté notre mouillage et ce n'est qu'à la fin de la journée que nous avons constaté son absence. Nous étions poussés par un fort vent arrière et il nous était impossible de virer.

— Et vous le croyez mort ?

— Je le suppose. C'est le quotidien des gens de mer, hélas !

— Et que répondrez-vous, capitaine, si je vous dis que parmi les fruits rapportés par vos hommes, se trouvaient des mangues, des papayes, des fruits du jacquier et de l'artocarpus, plus gros qu'aucun souk d'Arabie, de Mésopotamie ou de Perse n'en a offert à ses clients !

— Je répondrai, commença-t-il... Je répondrai que...”

Il se tut et me regarda. Le souvenir de ces fruits remplaçait ma silhouette par une autre.

“Sindbad ! s'écria-t-il. C'est vous, Sindbad !”

Il se précipita, me prit dans ses bras, ameuta l'équipage et tous les passagers, leur annonça la nouvelle puis, la première joie passée, voulut savoir comment j'avais survécu. Je recommençai à raconter...

“Vous savez tout maintenant, lui dis-je à la fin. En m’oubliant, vous avez fait ma fortune.”

Mais l’écrivain du bord était toujours devant son registre ouvert :

“Alors, j’écris Sindbad !

— Oui, écris Sindbad, lui répondis-je en riant. Ou, plutôt, Sindbad, le Marin...”

*

Je liquidai à Salahat toutes les marchandises que j’avais recouvrées. Je ne voulais plus de ces vieilleries qui me ramenaient au passé. J’achetai du neuf, du présent et, comme Salahat regorgeait de santal, du santal. J’en revendis une partie dans une autre île. J’achetai du girofle à la place, de la cannelle et plus loin, j’échangeai ma cannelle contre du poivre.

Nous naviguions dans des eaux heureuses où la faune riait, s’approchait de l’homme sans le redouter.

Je découvris des tortues dont les carapaces atteignaient, sans mentir, vingt coudées de long et de large. Je vis des poissons qui ressemblaient à des vaches. Si, si, je vous assure. Ils avaient des têtes de vache, des mamelles de vache et accompagnaient les bateaux pour se faire traire par les matelots. D’autres poissons aussi, qui ressemblaient à des chameaux. Avec des poils au lieu d’écailles et le dos bossu. Cette bosse était si dure qu’on en fabriquait, paraît-il, des boucliers, mais je n'en ai pas la preuve. Alors que les poissons traits par les hommes, je l'ai vu. De mes yeux vu !

La route du retour était encore longue et, lorsque je parvins à Bassorah, je ramenais avec moi tant de richesses qu'il m'était impossible de les évaluer. Ce voyage avait été plus éprouvant que les précédents, mais j'en revenais plus riche. Riche d'aromates qui révélaient dans leurs parfums les secrets de leurs terres de naissance. Riche de rivages nouveaux que je gardais en mon cœur.

Une fois rentré à Bagdad, une fois les miens retrouvés, j'agrandis encore mon domaine. J'achetai de nouveaux terrains pour aménager un parc à gibier où chasser la gazelle et l'autruche, le lièvre et la perdrix, et j'ajoutai à mon palais une aile que j'appelai : "Appartements des nains et du géant". »

Sindbad acheva ici le récit de son troisième voyage en mer et, comme les jours précédents, il remit à Hindbad une bourse de cent dinars.

« Je veux que tu saches que j'ai parlé pour toi, mon frère. Prends cet or et cherche tes propres rivages. Ose t'agrandir. Affronte aussi tes sauvages et tes monstres. Demain, reviens. Je te raconterai comment ils peuvent surgir au milieu du bonheur. Va ! »

5

Quatrième voyage : Enterré vivant

Hindbad revint le lendemain parce qu'il voulait savoir.

Il se parfuma le cou et les bras d'huile rosat, comme les autres invités, et s'installa. Il était songeur.

Bien sûr, il goûta de ces fruits à la chair si fondante, que Sindbad appelait des melons et qu'il avait fait venir du Khwarzim, enveloppés de neige, dans des récipients de plomb.

Bien sûr, il s'émerveilla des sucreries monumentales réalisées par les confiseurs : une reproduction du palais du maître avec ses dépendances, son jardin, des arbres sculptés, couverts de feuilles et de fruits de sucre.

Mais il demeurait silencieux. Au fond de lui, quelque chose le retenait et l'empêchait de mêler ses exclamations à celles des autres convives.

« Trop faites pour plaire au maître », pensait-il.

Il observait ses voisins et les découvrait convoiteux, cupides, soucieux d'approuver Sindbad lorsqu'il s'adressait à eux, sans élégance malgré leurs robes de soie chamarrées et leurs chaussures en cuir d'antilope tanné à la feuille de sumac.

Hindbad, aujourd'hui, s'était rendu à la nouvelle invitation de Sindbad, parce qu'il était affamé de cette nourriture que son hôte lui servait au terme de chaque festin. Il aimait l'entendre raconter et ses paroles, en trois jours à peine, avaient fait germer en lui un imperceptible espoir de l'imiter un jour. Non par envie de luxe, mais par fascination de ce mouvement incessant qui revenait, régulièrement, brasser sa vie comme un désir de perfection.

Il aimait sa voix. Elle coulait en lui comme un vin de velours. Comment une voix pouvait-elle être à ce point si transparente et si profonde à la fois ? Elle savait diluer ce qui était épais. Elle savait vous donner les mots qui vous manquaient, vous faire mesurer l'immensité du monde. Elle vous soutenait comme on tient un enfant pour l'amener au bord de ses tout premiers pas.

Avant de commencer à lui raconter sa vie, Sindbad lui avait dit à propos de sa charge restée dehors : *« Ne pense qu'au fardeau de ta vie. Je vais le charger sur mes épaules et t'aider à le pousser vers sa destinée.* » Il avait longtemps tourné ces paroles dans sa tête, sans pénétrer leur sens et, sur le coup, les avait prises pour une raillerie de riche qui s'amusait d'un portefaix.

Aujourd'hui, il les comprenait dans son cœur. Lui, le porteur aux épaules lourdes, il ne s'était jamais senti aussi léger. Plus que tout, il désirait se laisser diriger encore par Sindbad le Marin.

Sindbad, qui le regardait, se réjouissait de son air absorbé. Il lui dit :

« J'avais prévu pour toi les mets les plus rares. Tu ne leur fais guère honneur. »

Hindbad se troubla à peine et répondit, en s'étonnant lui-même :

« C'est vous, seigneur, que je veux honorer. Vous avez promis, hier, de me raconter comment un homme heureux pouvait souffrir et rien ne me nourrira mieux que de l'apprendre. »

Sindbad sourit.

« Tu vas bientôt savoir », répondit-il.

Il décida alors que le repas était terminé et il fit entrer un joueur de luth à cinq cordes, un joueur de cithare, un flûtiste et sa chanteuse favorite. Les poètes qui l'avaient entendue disaient que l'âme, en l'écoutant, s'élevait sur son chant.

Sindbad, justement, désirait que chacun s'élève, avant qu'il ne commence à raconter.

Lorsque le récital fut achevé, il demanda le silence :

« Savez-vous ce qu'est la nostalgie, mes princes ? »

Ses yeux pétillaient. Il n'attendait pas de réponse. Il continua :

« La nostalgie est une force vive. C'est elle, lorsque vous avez fait vos preuves et que vous êtes installés dans la vie, qui réveille en vous le souvenir de vos conquêtes. C'est elle qui vous invente des regrets pour vous rappeler le temps de vos efforts et de vos ambitions. C'est grâce à elle que les épreuves passées vous font battre le cœur, grâce à elle que vous vous regardez comme un étranger.

La nostalgie, mes princes, c'est une voix d'hier qui vous lance en avant pour vous donner envie de vous reconquérir.

Plusieurs mois après mon retour, je fus saisi de nostalgie. Je quittai tout. Je repartis.

*

Contrairement à mes habitudes, je délaissai Bassorah et je m'enfonçai vers la Perse, par les voies terrestres, au nord-est.

Pendant des semaines, j'ai participé à la rude existence des caravaniers. J'ai appris à bâter les chameaux, à organiser une charge, à me protéger contre le froid de la nuit. J'ai aimé, après des jours de solitude, croiser d'autres colonnes, monter le campement pour le plaisir de partager ma nourriture avec d'autres marchands, parler avec eux des villages qu'ils avaient traversés, des affaires, des pillards à éviter. Je me suis inquiété pour des montures égarées et j'ai participé aux recherches. J'ai senti ma fatigue, subitement, disparaître à la vue d'un caravansérail[1]. J'ai si fort éprouvé la protection de la montagne qu'après de longues étapes sur les hauteurs, je redescendais dans la plaine avec appréhension.

J'ai couvert ainsi plus de trois cents parasanges à travers la Perse. J'ai traversé Hamadhan, Téhéran, Isfahan, Shiraz. Là, au lieu de bifurquer vers l'est du pays, je décidai de tirer en direction du sud, vers Siraf, au bord de la *mer d'En Bas,* la mer de Chine comme la nomment nos géographes. Une fois dans cette ville, je comptais remonter par bateau jusqu'à Bassorah, pour ensuite revenir sur Bagdad par le Tigre. Mais nous traversions une belle région chevaline et l'idée me vint d'un projet dont il eût été lamentable de ne pas profiter.

Vous savez que les chevaux persans sont aussi réputés que les chevaux arabes, mais vous ne savez peut-être pas que les princes du sud de l'Inde en sont fous. Ils les importent à prix d'or. Pour vous donner une idée de cette passion, sachez que le seul roi Vijayana-

1. Caravansérail : gîte d'étape pour les caravanes.

gar en fait venir treize mille chaque année, pour ses propres écuries et celles de ses officiers.

Si vous aviez été à ma place, franchement, est-ce que vous ne vous seriez pas laissé tenter ?

J'ai donc commencé à visiter des élevages avec l'intention d'acheter.

Lorsque j'arrivai à Siraf, je m'étais constitué un cheptel de deux cents têtes. Je trouvai à le répartir sur plusieurs navires et j'embarquai sur l'un d'eux. Direction Calicut !

L'océan qui me retrouvait enfin en décida autrement.

Notre première tempête fut décisive. Elle engloutit en ricanant mes rêves de maquignon. Je n'étais pas fait pour ce métier.

Elle fut brutale et notre pilote, qui n'avait ni l'expérience ni le talent du Mua'llim de ma précédente expédition, fut incapable de lui résister.

Une première rafale fendit les voiles, une seconde fracassa le grand mât qui s'écroula en écrasant dix matelots, projetant des esquilles de bois qui se plantèrent comme des poignards dans le corps de dix autres. Une lame nous inclina sur bâbord, une autre nous gifla sur tribord. La coque gémissait, craquait, résistait de toutes ses coutures et finit par céder.

L'eau jaillit en soufflant, comme une bête qui terrorise sa proie. Partout des cris, des hurlements d'horreur, des hennissements affolés. Hommes et animaux mêlés, bousculés, secoués. Tous, cul par-dessus tête, dans un chaos de bois arraché, de meubles brisés, d'ustensiles, de marchandises perdues.

Je me revois, au milieu du tumulte, résigné à la noyade et j'entends, à mes côtés, un homme s'égosiller :

“Là ! Là ! Attrapez, mais attrapez !”

C'est un panneau d'écoutille. Je le saisis, je le tire à moi, je m'accroche. L'homme me rejoint.

Autour de nous, des corps crispés sur des restes de pavois, des morceaux de plat-bord. Je vois des mains lâcher prise, des têtes sombrer. Et la mer, furieuse, continue de brasser, comme si elle voulait nous réduire. Nous essayons, mon compagnon et moi, de nous diriger à travers les débris qui flottent et nous parvenons à nous éloigner. Combien sommes-nous à surnager ainsi ?

Bientôt, à grandes lapées, l'océan a dévoré le navire, et le vent, derrière lui, disperse les épaves, balaie les miettes du festin.

Nous restons recroquevillés, côte à côte, encore secoués par la queue de l'ouragan et nous sentons, dans le calme qui s'installe, un courant tiède nous réchauffer, nous pousser vers un rivage tout proche, que la tempête nous avait empêchés d'apercevoir.

Lorsque nous parvenons sur la grève, dégorgés par une dernière vague, nous demeurons immobiles, sans pouvoir décrisper nos mains de notre planche. Cette terre ferme n'est-elle pas un leurre inventé par l'océan ? La chaleur parfumée de l'île nous réconforte. Nous finissons par nous asseoir. Nous ne sommes pas seuls. D'autres corps se dressent sur le sable et s'étonnent. Nous nous comptons quinze et nous ne pensons qu'à la joie d'être ensemble.

Nous passons le reste de la journée à parler, à somnoler et la nuit nous trouve, faibles, hébétés. Nous nous endormons, la tête pleine de la furie qui nous a jetés là.

*

Le lendemain, il nous fallut argumenter longtemps pour convaincre ceux qui restaient prostrés de quitter le rivage et d'entrer dans l'île...

Après avoir franchi une lisière de cocotiers, nous débouchâmes dans une savane sèche, parsemée de grands arbres. Ici, la rumeur de l'océan ne pénétrait pas et le vent renonça à nous suivre.

Au milieu de la matinée, après quelques heures à déambuler sous le soleil, nous tombâmes sur un village. C'étaient des huttes, aux murs de terre mélangée d'herbes hachées, couvertes de palmes.

Le village était habité par des Noirs. L'un d'eux sortit d'une hutte et, surpris de nous trouver chez lui, se figea, avant de se mettre à piétiner en criant. Cri de joie ? Cri de guerre ? Impossible de le dire. Cri de tête qui s'élevait au-dessus du village et planait, comme un appel à accourir. Cri, bientôt repris par d'autres, qui jaillirent des herbes, dégringolèrent des arbres, surgirent du sol et s'avancèrent en trépignant et en dansant...

Amis ou ennemis ? Des dizaines de Noirs, vêtus d'un pagne de filasse, nous entourent maintenant. Ils ne paraissent pas menaçants. Plutôt bienveillants. Soudain, ils s'arrêtent de crier et commencent à palabrer entre eux. Certains nous désignent, roulent des yeux furieux, se frappent la poitrine et nous saisissent en nous secouant.

Nous ne tardons pas à comprendre qu'ils sont en train de nous partager. Ils nous divisent en trois groupes. Deux sont emmenés, que nous ne reverrons plus. Le troisième, dont je fais partie, reste.

On nous entraîne au centre du village et on nous installe devant une grande case. Toute la population s'est rassemblée pour nous regarder. Un groupe de femmes, parées de bracelets d'herbes, danse en chantant. On dépose des plateaux de nourriture à nos pieds. On nous fait signe de manger. C'est une cérémonie de bienvenue.

On nous a préparé une sorte de légume à larges feuilles charnues, d'un vert ciré, fendues par le milieu. L'intérieur est pulpeux, rose, et dégouline de jus.

Nous nous servons en remerciant et, au moment où

je m'apprête à mordre dans une feuille, je surprends des faces hilares parmi les sauvages, des mouvements satisfaits. C'est un piège !

Je n'ai pas le temps de prévenir mes camarades qui ont engouffré une première part et se resservent déjà. J'effleure à peine la feuille où j'allais croquer. Je simule la gloutonnerie, je me souille de jus, je claque des lèvres, mais je n'avale rien. Pas une miette, pas une goutte !

Mes camarades ne se doutent de rien. Ils se régalent. Plus ils mangent, plus ils semblent affamés. Ce légume leur ouvre l'appétit. Ils dévorent et discutent en gesticulant. Ils parlent du navire, ancré au large, des hommes restés à bord. Ils ont perdu la mémoire. Ils perdent la raison. Cette nourriture rend fou. Je suis épouvanté.

Sans rien manger, je continue à les imiter, pour ne pas éveiller les soupçons. Comme eux, lorsque les plateaux sont vides, je rote bruyamment. Comme eux, je me frotte le ventre pour faire comprendre aux Noirs que j'ai encore faim. Et les Noirs, qui avaient prévu nos réactions, nous apportent de grandes calebasses de riz cuit, macéré dans l'huile de coprah.

Alors, le reste de la tribu se joint aux premières danseuses et nous encourage à manger. Le sol frémit. L'air brûle de chants.

De nous cinq, je suis le seul conscient de ce qui se prépare. Nous sommes chez des cannibales, mangeurs de chair humaine. Ils nous engraissent d'abord pour s'engraisser ensuite !

Je suis ivre de bruit, écœuré, et je m'évanouis.

*

Je revins à moi dans une hutte. Les autres étaient là, continuant de se goinfrer. J'essayai de les raisonner, mais ils ne m'entendaient pas. Ils me regardaient comme un étranger.

Les jours passèrent. Je refusais toujours de m'alimenter. Je maigrissais, m'affaiblissais.

Mes compagnons, eux, étaient méconnaissables, gras, empâtés. Le plus gros nous quitta le premier et tous, jusqu'au dernier, disparurent assommés, découpés, accommodés, digérés.

Je restai seul. J'étais si maigre que je n'intéressais pas mes geôliers et j'espérais que, lassés de me garder, ils finiraient par me tuer. C'est l'inverse qui se produisit. Ils me laissèrent en vie, m'apportant régulièrement de la nourriture fraîche, comme s'ils escomptaient me faire céder.

Je passais mon temps à les regarder aller et venir. J'observais leurs habitudes. Je notai que, tous les sept jours, les hommes quittaient le village au lever du soleil, pour n'y rentrer qu'à la nuit, laissant les femmes, les enfants, les vieux.

« Voici le prix de ta patience, me dis-je. La chance,

à l'allure nonchalante. Profites-en ! Prends son pas ! Laisse-toi mener... »

À partir de ce jour, je recommence à espérer, à manger pour reconstituer mes forces, à préparer mon évasion...

À la première absence des hommes, je m'enfuis. Un vieillard me surprend. Il crie. Il ameute d'autres vieillards. Trop tard. Ils sont vieux et je cours longtemps. Je m'arrête de temps en temps pour souffler. Je mange ce qui se présente, des baies, des fruits, des feuilles, de l'herbe. Tout m'est délices.

La nuit arrive. J'imagine le retour des Noirs, leur fureur. Cela fouette ma volonté et je continue de marcher. Je m'interdis de dormir. Le deuxième matin se lève et me trouve, toujours marchant, toujours vaillant.

Sept jours brûlent ainsi et sept nuits pareilles. Je quitte la savane, j'entre dans des forêts, je traverse des plaines. Je grappille ma nourriture ici et là. Je reste éveillé, debout. Le huitième matin, j'atteins l'extrémité de l'île. Je respire dans l'air, la rosée de l'océan. J'entends rire les oiseaux marins.

"Tu es perdu, pensé-je. Cette île ne connaît que les sauvages. Ils sont depuis longtemps à ta poursuite, sans courir, tranquilles. Ils savent où te capturer."

Et j'entends les rires des oiseaux marins se changer en rires d'hommes. Et dans ces rires, des sonorités familières, il me semble. Je m'approche et, dans des arbres autour desquels des poivriers se sont enchevêtrés, je découvre des hommes à la peau brune, aux cheveux lisses, qui parlent la même langue que moi.

Ils récoltent du poivre et leur cueillette me donne confiance. Je m'avance. Je n'ai plus peur. Je les regarde et je ne sais quoi leur dire. L'un d'eux m'aperçoit :

“Là ! Un homme !” s'exclame-t-il.

Les autres s'interrompent, m'aperçoivent à leur tour, devinent ma faiblesse et dégringolent de leurs arbres. Ils se précipitent vers moi, me soutiennent, me parlent. L'un d'eux m'apporte une cruche d'eau fraîche.

“Malheureux, d'où viens-tu ? Des cannibales habitent dans cette île, au couchant.

— Je sais, leur dis-je. Je les ai vus. J'ai même vécu quelque temps parmi eux. Contre mon gré, cependant...

— Et tu es vivant ?

— Non, pas vivant. Survivant, précisé-je. Plusieurs fois survivant.”

Et je leur explique le naufrage et mon séjour abominable chez les mangeurs d'hommes. Ils m'offrent de la nourriture, mais je suis si épuisé que mon estomac n'accepte qu'une demi-galette de riz.

Ils m'emmènent sur leur navire à l'abri et me laissent à la garde d'un des leurs, pendant qu'ils achèvent leur cueillette. Je m'endors...

À mon réveil, nous étions en mer, à proximité de leur pays. C'était une île très allongée, très élevée. Une haute barrière, couverte d'une végétation serrée, qui se cassait sur la mer, offrant partout des côtes inabordables. On eût dit un front d'animal buté, au chignon crépu, en arrêt au milieu de l'océan.

Je compris, aux manœuvres des hommes, que nous allions contourner l'île pour accoster, et je découvris un versant sud aux plateaux doux, aux vallées ouvertes, cultivées, qui glissait vers la mer comme à la rencontre des navires.

L'île ressemblait à un croissant. Fermée, barricadée sur son périmètre extérieur. Toute offerte en dedans.

Aussitôt débarqué, quelques-uns de mes sauveteurs, pendant que les autres s'occupaient de leur cargaison, me conduisirent auprès du roi Batakaro, le monarque de l'île. Je m'étonnai.

“Auprès du roi ? Crasseux comme je suis ! Déguenillé !

— C'est la coutume de lui présenter les étrangers, me répondirent-ils. Pas tous. Seulement ceux qui apportent un présent hors du commun.

— Et ma culotte en haillons est si précieuse qu'elle intéresse votre roi ?”

Ils se contentèrent de me conduire. Ce fut leur seule réponse.

*

Le roi se trouvait dans son jardin. Il me reçut sous une tonnelle, dans l'ombre parfumée des myrtes et des rosiers grimpants. Il m'accueillit comme s'il m'attendait. Il souriait, de la même manière que les hommes qui m'avaient secouru. Un sourire inaltérable. Une béatitude qui évoquait le versant paisible de leur île.

Il m'invita à m'asseoir à son côté et me dit :

“Que m'apportes-tu ?”

Sa voix était un ruisseau couvert de pétales. J'étais ébahi.

“Que m'apportes-tu ? reprit-il. Rassure-toi, nu comme je te vois, je sais que ta richesse est invisible. Confie-la-moi.”

Je regardai sa peau cuivrée, ses traits francs, soulignés par l'éclat de ses cheveux d'argent parfumés d'ambre. Je le regardai et je compris ce qu'il voulait. Je racontai mon aventure.

“C'est une dure épreuve, me dit-il en hochant la tête. Personne n'a jamais échappé à ces barbares. Aucun récit de nos ancêtres ne fait mention d'un tel prodige. Que mes sujets t'aient recueilli est une bénédiction pour mon royaume et pour mon peuple. Je veux m'en souvenir et après moi, mes descendants.”

Il fit venir son scribe et me demanda de raconter encore, pour que mon aventure soit consignée et figure dans le trésor royal.

Avant de se retirer, il ajouta :

“Cette île est ton île. Demeure avec nous et reviens me voir.”

J’avais à peine quitté le jardin royal que la nouvelle de mon arrivée et de l’amitié du roi s’était déjà répandue dans la ville. Partout on m’accueillit. On me traita en familier. J’étais une sorte de talisman vivant.

*

La population de l’île de Mergabali, puisqu’elle se nomme ainsi, est divisée en dix tribus, composées de clans et de familles. Toutes obéissent à l’autorité du roi Batakaro. Les unes cultivent le riz, le manioc, d’autres élèvent des buffles, exploitent le sisal, le palmier à huile, ou cueillent le poivre et la cannelle dans les îles proches. Aucune ne pourrait subsister de sa seule production. C’est l’addition de leurs ressources qui leur permet de vivre en harmonie et de commercer avec leurs voisins des grandes terres de Baritasogu et de Menang.

Je vais partout, sans oublier, chaque jour, de rendre visite au roi. Il est gourmand de mes récits et je lui raconte mes voyages. Il me questionne, réclame des précisions sur les coutumes des peuples que j’ai rencontrés, l’organisation de ces royaumes, et il médite en silence, compare longuement avec son île qu’il n’a jamais quittée.

Un détail ne cesse de m'étonner. Les Mergabalis possèdent des chevaux, sont d'habiles cavaliers, mais tous montent à cru. Même le roi. Ils ne connaissent ni la selle ni les étriers.

“Voici un cadeau à leur offrir !” me dis-je.

J'entre chez un artisan. Je lui demande de me construire un arçon de selle, en bois souple. Je lui indique avec précision la taille du pommeau, la cambrure du troussequin, l'emplacement des boucles pour les étrivières puis, dans la même journée, je commande à un forgeron deux étriers de bronze.

Le travail achevé, je garnis moi-même l'armature d'un matelassage de crin que j'habille de cuir et que j'orne d'un galon d'or.

Le lendemain, je me présente au roi.

“Majesté, lui dis-je, je vous apporte un cadeau de mon pays que vos artisans ont parfaitement su réaliser.”

Je lui montre la selle et je lui en explique l'usage. Il m'écoute, très attentif, m'entraîne vers ses écuries et fait sortir son meilleur cheval.

“Montre-moi”, dit-il en le désignant.

J'installe la selle. Elle épouse avec précision la courbure du dos et les flancs de l'animal. Je serre la sangle abdominale et j'indique au roi comment se hisser. Je l'aide à monter et il s'assoit. Il se carre dans le fond de l'arçon, se redresse, éprouve la commodité des étriers, lance sa monture dans la cour de l'écurie, revient vers moi et me dit :

"Sindbad, il faut faire connaître cette merveille. Je veux qu'elle profite à tous. Présente-la à mes officiers et forme, sans attendre, des ouvriers dans l'art de la fabriquer."

C'est ainsi que je suis devenu marchand de selles.

Peu de temps après, alors qu'à la fin d'une audience je m'apprête à prendre congé, le roi me dit :

"Sindbad, je t'aime comme mon fils et je souhaite te retenir parmi nous. Tes connaissances sont un bonheur pour moi et pour mon peuple. Reste. Tout le monde te chérit, ton pays véritable est ici et pour t'aider à oublier celui que tu as laissé derrière toi, je veux te marier."

Je balbutie quelques mots :

"Vous m'avez recueilli, Majesté... Ouvert votre royaume et votre cœur... J'aurais mauvaise grâce à vous désobéir..."

Je n'ose pas refuser et il fait semblant de prendre mes hésitations pour de l'humilité.

"Tu ne le regretteras pas", ajoute-t-il.

Et il fait entrer l'épouse qu'il m'a choisie.

Nous sommes dans le jardin où nous avons gardé l'habitude de nous rencontrer et je vois apparaître une source d'eau limpide, un vol d'échassiers dans la lumière du soir, une bouffée de vent tiède dans la chevelure d'une rizière, un poème d'amour déposé par les étoiles sur le ventre de la nuit...

Elle est belle et ses yeux ne cillent pas devant les miens. Elle me regarde et son regard est un long baiser tendre.

Je ne pense plus aux miens. Mon pays est ici. L'autre s'est tapi au fond de ma mémoire, meurtri, honteux de lui, honteux de moi...

*

La noce dura cinq jours. Les dignitaires des dix tribus, les caciques des villages étaient conviés à la fête. Les rues de la capitale étaient semées de pétales de fleurs et de grands feux sacrificiels, allumés sur les places, annonçaient que les temps anciens tombaient en cendre. Aujourd'hui, se levait un jour de lumière et de chaleur.

Ma fiancée m'attendait, selon la coutume, sur les genoux de son père. Nous portions, elle et moi, une même robe de soie blanche avec, autour de la poitrine, de l'épaule gauche à la hanche droite, une très fine chaîne d'or, symbole de notre union.

Nous prononçâmes notre serment d'amour d'une seule voix.

“Ce lien nous tiendra à jamais embrassés dans le cercle d'or de la tendresse. Même la mort ne parviendra pas à le briser.”

À mesure que nous parlions, un prêtre tamisait une eau consacrée sur nos têtes.

"Que cette eau, chantait-il, mêle vos deux forces en une seule force de vie."

Et cette phrase était reprise par l'assistance, pendant que des joueurs de trompe annonçaient notre union par la ville.

*

Les mois passèrent. Je découvris ma femme, chaque jour plus douce.

C'est dans cette plaine de bonheur que la mort vint se poser. Elle frappa un ami. Non pas lui directement, mais sa femme. Morte de maladie, brutalement.

J'allai lui rendre visite. Il était désespéré. Je cherchai des mots de compassion sincère. Je lui promis que mon amitié demeurait fidèle et que je l'accompagnerais dans son deuil. Mais mes paroles n'atteignaient pas son chagrin. Alors, à bout d'arguments, je lui dis :

"Mais il vous reste la vie, pleine et entière. Entendez-moi. La vie vous est acquise.

— Justement non, me répondit-il. Ce n'est pas sur ma femme, c'est sur moi que je pleure !"

Et comme je ne comprenais pas, il me révéla une loi que j'ignorais. Une loi effroyable. Dans un couple, lorsque l'un des deux conjoints venait à mourir, l'autre était enterré avec lui.

"C'est la loi, me cria-t-il en se tordant les mains. Et vous n'y pouvez rien ! Tout le monde l'accepte jusqu'à ses derniers instants. Ceux qui l'ont refusée ne sont jamais revenus dire aux vivants tout le mal qu'elle faisait."

À cet instant, des gens arrivèrent pour préparer le corps de la défunte. Ils la revêtirent de ses habits de noces, la parant de tous ses bracelets, ses bagues, ses colliers.

Ensuite, on l'allongea dans un cercueil découvert et on l'emmena. Le cortège quitta la ville en direction de la montagne, vers la côte extérieure de l'île. Une fois au sommet du mont, on ouvrit une cheminée profonde, taillée dans le roc, fermée par une lourde pierre. Le tombeau était là, tout au fond.

On fit descendre le cercueil de la femme avec des cordes, puis le mari, sans forces, embrassa sa famille, ses amis et, brisé de désespoir, se laissa coucher dans le même cercueil découvert que son épouse. À son tour, il plongea dans l'obscurité de la terre.

On lui avait donné, pour subsister, une cruche d'eau et sept petits pains ronds.

Après quoi, on roula la pierre sur l'ouverture. La cérémonie était terminée.

*

Le lendemain, je me précipitai chez le roi Batakaro.

“Cette loi est cruelle, Majesté, lui dis-je. Il faut la changer. De tous les peuples civilisés, le vôtre est le seul à tolérer cette barbarie.

— Cette loi peut te paraître injuste, Sindbad, mais elle tient sa place dans les équilibres de mon royaume. C'est une bonne loi. Nous la pratiquons depuis l'origine de l'île et elle n'a compromis ni son développement ni sa prospérité. Elle n'a pas été usée par le temps. C'est une bonne loi et on me l'appliquera si mon épouse meurt avant moi. Qui sait les désordres que sa suppression entraînerait ?

— Mais elle ne sert à rien !

— Elle institue la primauté de l'amour et de la fidélité. Rappelle-toi le serment de tes noces : Ce lien nous tiendra à jamais embrassés dans le cercle d'or de la tendresse. Même la mort ne parviendra pas à le briser.”

Le roi avait parlé. Il m'observait et dans ses yeux, je vis qu'il devinait l'abominable doute qui montait en moi.

“Oui, Sindbad, cette loi s'applique à tous les habitants de l'île. À tous ceux qui y ont trouvé femme ou mari. Toi compris ! Je ne peux pas changer la loi pour toi. Je ne peux que souhaiter longue vie à ton épouse.”

*

Mon épouse se portait bien et je ne pensais qu'à l'aimer. À partir de ce jour, je tremblai au moindre de ses malaises, à la première indisposition, à ses lassitudes, à ses soupirs. Je l'entourai d'attention, de prévenances et cet amour qui donnait à nos corps un goût de fruits sauvages, peu à peu disparut. Je l'aimais en l'économisant, comme on aime un malade.

Et le pire, à force d'être redouté, finit par se laisser attirer. Ma femme, un matin, resta couchée, saisie de tremblements. Le soir, elle ne s'était pas levée. Trois jours après, la fièvre l'avait emportée. J'allais mourir à mon tour...

La cérémonie se répéta pour nous, comme je l'avais vue se dérouler pour mes amis. On coucha ma femme dans la soie blanche, on la couvrit de tous ses bijoux, sans oublier, sur sa poitrine, cette chaîne d'or qui me liait à elle.

Le cortège funéraire se dirigea vers la montagne. Je suivais le cercueil et derrière moi s'avançaient le roi Batakaro, les dignitaires des dix tribus, les caciques des villages présents le jour de mes noces qui m'honoraient une dernière fois.

Lorsque le tombeau fut ouvert, je m'adressai à eux pour tenter de les convaincre.

“Si vous m'aimez vraiment, épargnez-moi. Je suis

un étranger. Je suis innocent de vos lois. La vie d'un innocent ne peut mettre en péril toute une société ! »

Ils restèrent inflexibles.

On descendit le cercueil de ma femme. On m'allongea dans le mien et je glissai à mon tour dans la nuit noire, avec une cruche et sept petits pains ronds.

J'avais à peine touché le fond du tombeau que la pierre, là-haut, grinçait.

*

D'abord je ne vois rien. Je sens. La mort, les corps défaits, l'humidité. Je ferme les yeux longtemps. Je reste immobile. Je m'habitue à l'obscurité, à l'odeur, à ce silence étrange qui voudrait encore vibrer.

Lorsque j'entrouvre les paupières, je distingue une grotte dont j'apprécie mal les dimensions, encombrée par des monceaux de cercueils enchevêtrés. Je sors du mien et je m'effondre en larmes. Je m'épuise à pleurer, je crie. Je suis sans forces, sans ressources. Je revois tous les périls auxquels j'ai échappé et je regrette de m'être tant battu.

Je reste longtemps prostré, sans mouvement. Puis, peu à peu, le goût de vivre revient avec l'envie de remuer. Je me lève. Je fais quelques pas. Je tâtonne. J'essaie, comme les aveugles, de comprendre avec les mains, je m'éloigne et, terrorisé à l'idée de ne pas retrouver ma nourriture, je reviens chercher ma cruche et mes pains. Je sens la faim et, avec elle, l'envie de combattre encore.

Je mange peu à la fois et lentement. J'explore le tombeau. Il y a des amas de bijoux, de vaisselle, d'objets précieux, des pièces d'orfèvrerie. Tant de trésors sacrifiés à l'oubli...

Je ne sais combien de jours passent ainsi. Je fais durer mes provisions. Je m'autorise une bouchée de pain, une gorgée d'eau lorsque mon corps souffre trop et je continue de résister, soutenu par ma volonté, longtemps après la fin de mes réserves.

Du temps s'écoule encore. À bout de forces, je finis par accepter l'idée de mourir, avec la joie de n'avoir pas cédé sans résister.

Alors, j'entre dans la lumière. Le tombeau s'éclaire de tous les feux de l'au-delà, allumés par un roulement désagréable. Un grincement de roche, comme une pierre qu'on déplace...

Soudain, je comprends ! Cette lueur tombe de la voûte. On vient d'ouvrir le caveau ! On descend un cadavre. Je perçois des cris aigus, des pleurs de femme. C'est l'épouse vivante qui accompagne son mari décédé.

Une résolution terrible m'envahit. Je ne vais pas mourir. Un répit me tombe du ciel...

Je rassemble ma dernière énergie et je profite de la lueur du jour – une illumination, pour moi qui suis

accoutumé à la nuit. Je me glisse à proximité de l'endroit où les cercueils sont déposés.

Les hurlements de la malheureuse descendent vers moi. Je tremble. Ces hurlements me volent mon silence. J'entends la roche racler le sommet de la montagne. Ses échos se mêlent aux lamentations de la vivante. Ce vacarme me déchire. Je sens la haine couler de moi. Je m'approche de la femme. Je me dirige sur ses cris. Elle ne m'entend pas, tout horrifiée par l'idée de mourir.

Et je lui offre la paix qu'elle réclame... Je suis seul à nouveau et le silence retrouvé alourdit mon cœur.

Je récupère ses pains, son eau. Je m'éloigne d'elle et je fais un festin...

Je reprends des forces. Je revis. Quelques jours après, le puits s'ouvre encore et deux nouveaux cercueils m'arrivent : une morte, un vivant. Je délivre l'homme de la même manière que la femme avant lui. Il ne résiste pas. Il s'abandonne. Peut-être me prend-il pour la mort, pour un de ses anges.

Je dois d'avoir survécu à une période de mortalité qui me ravitaille pendant des semaines. Mais je suis toujours prisonnier.

*

Un jour que je viens de récupérer sept pains nouveaux et une cruche, j'entends souffler parmi les cercueils. Un halètement rauque suivi d'un raclement précipité sur le sol. Je me faufile entre les corps ; je vois assez distinctement maintenant et je retrouve le halètement devant moi, avec ce bruit de reptation lourde qui progresse par à-coups. Je le suis à distance, je le perds, je contourne une saillie de la roche et je l'entends de nouveau. J'avance plus difficilement. Les rochers se sont resserrés, je les heurte souvent. J'ai l'impression d'avoir pénétré dans un boyau. Je continue, entraîné par le bruit, jusqu'à ce qu'il disparaisse, couvert par un bourdonnement, un souffle que je reconnais, qui glisse à ma rencontre, frais, vivifiant et qui m'arrache un hurlement de joie.

"C'est la mer !"

C'est la mer, le vent de l'océan, sa rumeur, mille fois ressassée par mille vagues.

Et le ciel, qui sait mon supplice, s'est recouvert de nuit pour que je puisse le contempler sans abaisser les yeux.

Je suis sauvé. Je m'agenouille sur le sable et je pleure de joie, sans retenue. Je laisse la grande voix de la mer entrer en moi et récurer mon malheur.

Je pense au halètement qui m'a libéré de ma prison. Un animal marin, sans doute, venu se repaître de cadavres. Est-il venu auparavant ? Pourquoi ne l'ai-je pas entendu ? Fallait-il que je descende jusqu'au plus noir de mon âme ? Que je découvre au fond de moi tous ces meurtres endormis ?

Un peu avant l'aube, je retourne dans le tombeau. Je ramène sur le rivage mes restes de vivres et rassemble autant de colliers, de rubis, de diamants, de broches, de pendentifs, de bracelets, de colifichets d'or, d'ivoire sculpté que je peux en ramasser. J'en fais plusieurs balluchons, ficelés dans des vêtements, que je transporte au-dehors.

Je me paie de la violence que l'on m'a faite, de l'horreur que l'on m'a infligée, et Allah qui m'a éprouvé dira si j'ai mérité cette récompense ou si j'ai péché.

Je suis sur le périmètre extérieur de l'île, au pied de la montagne abrupte qui donne sur l'océan. Je m'assois. Je regarde l'horizon avec confiance et j'attends.

Ma délivrance arrive deux jours après. C'est un navire qui vient de quitter la capitale du roi Batakaro et qui contourne l'île. Sa route l'amène à proximité de ma côte. Je crie, je m'agite. On m'aperçoit, on m'envoie chercher...

J'invente un naufrage et le capitaine accepte mes explications, sans exiger de précisions.

*

Mon voyage de retour fut sans intérêt. Nous passâmes par l'île de Kela, qui possède des mines de plomb réputées. J'en achetai. J'achetai aussi du camphre d'une excellente qualité. Nous doublâmes l'île des Cloches qui appartient au roi de Kela et qui est, paraît-il, habitée par des anthropophages. Les matelots en parlèrent longtemps, se racontant des histoires épouvantables que j'écoutais à distance, sans prendre part à la conversation.

*

Je rentrais bien plus riche qu'à mon départ, mais cette richesse était amère. J'en distribuai des quantités. Aux pauvres bien sûr, mais aussi aux mosquées. Pour les aider à développer leurs écoles où elles enseignent les sciences, la poésie, la médecine et les mathématiques. Pour qu'elles accueillent des savants et enrichissent leurs bibliothèques. Pour que la connaissance rayonne et élargisse le cœur des hommes.

Mais ces aumônes ne détournaient pas mes pensées de l'île de Mergabali, de son souverain, de mon épouse aux yeux de source.

Il est difficile, mes princes, de s'installer dans un autre pays que le sien, d'accepter des traditions nouvelles, de se plier à des lois que l'on n'a pas acquises dès l'enfance.

Devant de telles épreuves, l'être parfois se rebelle et se fend ! »

Sindbad s'arrêta, ému par cet écho douloureux de son passé, puis il tira une bourse de sa tunique :

« Hindbad, tu connais maintenant le quatrième voyage du Marin, mais prends ces cent dinars pour te convaincre de revenir demain. J'ai encore tant à te dire. »

Avant de se retirer, Sindbad fit apporter des jeux d'échecs, afin que ses invités ne quittent pas son récit sans réfléchir.

Hindbad, lui, n'avait pas besoin qu'on l'y oblige. Il était bouleversé par la confiance de Sindbad qui continuait de lui ouvrir son cœur. Il rentra chez lui. Son esprit fourmillait de sensations étrangères qu'il ne parvenait pas à s'expliquer. Il lui semblait qu'il était enfermé dans sa propre maison, mais dans une pièce inconnue. Il entendait contre les murs, des coups, des appels qui lui indiquaient une issue, mais qu'il ne savait pas localiser.

Sur le chemin du retour, il s'arrêta dans le souk. Il s'acheta une tunique neuve, de bonne cotonnade du pays, et une solide paire de bottes en cuir de buffle, pour remplacer ses babouches éculées.

Cet achat l'apaisa.

6

Cinquième voyage : Sindbad le porteur

« Le pire, commença Sindbad d'une voix très douce, n'est pas d'affronter les sauvages, c'est de découvrir qu'on leur ressemble. Le pire n'est pas de regarder la mort, enfermé avec elle dans le même tombeau, c'est de découvrir qu'elle nous habite et qu'elle peut jaillir, parce qu'elle nous observe et, habilement, nous mène. »

Le silence tomba sur les convives. Plus un murmure, plus un mouvement. Tous fixaient Sindbad avec l'appréhension de qui sent approcher les vérités.

Hindbad, au côté de son maître, frissonnait. Le Marin continua.

« Mon séjour dans le caveau ne cessait de me hanter, et le fauve qui s'était déchaîné en moi pour me garder en vie, veillait toujours, attentif à saisir dans mes gestes, dans mes paroles, dans le comportement des autres à mon égard, la permission de bondir à nouveau et de frapper. Après mon retour, je dus le surveiller longuement, le museler, le maîtriser à force de volonté pour qu'il disparaisse au fond de moi, dans la nuit de ma nuit.

Mais il s'était montré et je ne pouvais plus l'ignorer.

"En quoi as-tu été différent, toi, Sindbad le Marin, des Noirs de l'île aux cannibales ? me disais-je. Tu as déployé la même violence. Cette violence qui fomente nos guerres, qui alimente nos désirs de conquérir, de nous approprier les richesses des autres, qui nous gonfle de haine quand l'échec blesse notre orgueil ! Tu leur ressembles, Sindbad ! Tu es le même !"

Certains peuples de l'Inde croient que nous existons depuis le commencement du monde et que nos vies ne cessent de se renouveler pour nous donner l'occasion d'évoluer.

Nous n'avons pas grandi dans ces principes, mais j'essayais d'imaginer la vie à la lumière de cette croyance. Selon elle, j'étais né il y a des temps et des temps et depuis lors, je n'avais jamais cessé de m'élever. Mais malgré mes efforts, ma vie d'aujourd'hui conservait les empreintes de toutes mes vies passées, comme, sur un rivage, les algues poussées par des vagues de plus en plus longues. Quoi que je devienne, le primitif restait gravé en moi. J'étais solidaire de lui, à jamais.

Il est douloureux, mes seigneurs, d'accepter notre barbarie, mais il est utile de la sentir. Non pour la détruire, on ne peut renier son héritage, mais pour la connaître. L'empêcher de nous diriger à sa guise. »

Sindbad se tut et laissa ses paroles continuer à travailler chaque auditeur, dans le silence. Hindbad, dans ses habits neufs, souriait.

« Je vous ai rapporté ici, brièvement, des mois de réflexion et de tortures, reprit Sindbad. À mon retour, je n'avais plus qu'un désir, m'arrêter parmi les miens, retrouver la paix de ma demeure et mes gens, empressés de me servir.

Mes journées se déroulaient les unes après les autres, sur le même modèle invariable. Le matin, j'écoutais le rapport de mes intendants sur les affaires en cours, sur l'état des travaux qui n'étaient pas achevés. Je donnais des ordres sur la manière particulière de mener telle transaction. Je visitais mes chantiers et j'achevais la matinée par une promenade dans mon jardin ou dans mon parc à gibier. Les animaux s'y acclimataient bien et s'y reproduisaient en abondance.

Je consacrais la fin de mes journées à mes quatre épouses, après avoir passé l'après-midi à étudier dans la fraîcheur de ma bibliothèque.

Je possède cinq mille ouvrages, certains en plusieurs exemplaires. Des recueils de traditions, des corans enluminés, mais aussi des traités d'astronomie, de grammaire, de chimie, de médecine, de cosmographie et même des chroniques relatant le règne de différents princes.

Je m'adonnais, des heures durant, à l'étude des mathématiques. L'alchimie me passionnait. J'essayais de comprendre comment la matière première de l'univers avait donné naissance à la terre, au feu, à l'air, à l'eau ; comment les métaux se transformaient sous l'action du soufre et du plomb.

Je m'initiais aussi à la science des sphères célestes, à la cosmographie. J'étais particulièrement intéressé, et vous devinez pourquoi, par les observations que rapportaient les navigateurs de leurs périples à travers notre vaste empire.

Pendant de longs mois, je menai une vie de reclus. Je m'efforçais, par la réflexion et la méditation, de diluer les émotions de mon dernier voyage.

Mais j'étais dans la force de l'âge, robuste, plus émerveillé par les mystères d'une terre inconnue que par les raisonnements des philosophes. Après avoir goûté le plaisir d'apprendre à travers la parole des autres, je me sentais à nouveau capable d'aller moi-même cueillir mon savoir sur la bouche du monde.

Je décidai de repartir et, comme je ne voulais dépendre de personne, je me fis construire un navire dans les fameux chantiers de la terre d'Oman, à Mutrah, tout près de Mascate. Une baghala de taille modeste – deux mâts, cent cinquante tonneaux, mais d'un teck irréprochable et pourvue d'un château arrière où je m'étais fait aménager une cabine qui surplombait les flots.

J'engageai aussi un capitaine expérimenté et je participai avec lui au recrutement de l'équipage.

Dans le même temps, je recherchai des partenaires pour m'accompagner dans cette expédition. J'avais l'intention de longer les côtes d'Arabie et de descendre, loin au sud, vers les pays de l'or et de l'ivoire.

Je me constituai une importante cargaison de cotonnades, de toile de lin, de soie. Des tapis et des tentures, des besaces, des outres, des tentes de cuir qui font la fierté des tanneurs du Yémen.

La préparation de cette expédition, les tractations avec les fournisseurs, l'équipement du navire et son avitaillement, l'enrôlement des matelots, les cris des portefaix sur les quais et ceux des oiseaux marins qui jetaient des gerbes d'océan sur la terre, la poussière des caravanes qui se croisaient, le hennissement des chevaux à l'embarquement et la foule innombrable où se mêlaient des Chinois, des Indiens, des Noirs, des musulmans des grandes cités, des chameliers silencieux, toute cette animation, toute cette activité me revigoraient.

À bord de mon navire, maître de mon équipage, je retrouvais la fièvre de mon premier départ.

Matelots, marchands, cargaison, nous étions prêts. Le premier vent favorable nous emporta.

*

Après des jours et des jours de navigation, des jours et des jours passés à regarder le front plat de la mer heurter le front plat du ciel, notre vigie nous signala une terre. En effet, dans notre quart nord-ouest, le dos bossu d'une île crevait la surface de l'eau.

Ceux qui n'ont jamais navigué ne connaissent pas la puissance des îles. Elles vous apparaissent, enveloppées dans les voiles gris de l'horizon, jalouses de leur secret, comme pour vous inciter à vous tenir au large. Et cette réserve vous attire jusqu'à la lisière des brumes qui peu à peu démaillotent la terre sous vos yeux. Le vent mollit. Une brise qui a glissé sur l'île vous apporte un mélange tiède où domine une odeur de sol, d'humus, de moisissure fade qui vous repose déjà, qui adoucit les éraflures creusées en vous par le vent et le sel. Vous distinguez la ligne blanche d'une plage, le calme d'une crique, les palmes des arbres, et vous voulez débarquer pour vous asseoir au milieu d'un paysage immobile.

Le capitaine, sur ma demande, ordonne de jeter l'ancre dans une baie tranquille et nous abordons, les marchands et moi, accompagnés de matelots chargés de rechercher des sources d'eau douce.

Nous n'avons pas le temps de nous aventurer dans l'intérieur car, à peine sur le rivage, nous découvrons, dans un écart de la plage, abrité du vent par un périmètre de rochers, tout rond, tout chaud de soleil et de sable, un œuf de roc !

Quelle émotion ! Je n'en avais vu qu'un seul dans ma vie, quinze ans auparavant, et plus jamais depuis. Le paradis de verdure où j'étais resté prisonnier me revient. Pris d'un doute je remonte la plage, j'escalade la dune, j'observe les lieux, le cœur battant, mais je ne reconnais rien... Nous ne sommes pas sur cette île perdue de ma jeunesse.

Déçu, je descends rejoindre mes camarades et je découvre un spectacle hallucinant. L'œuf était mûr et le poussin en train d'éclore. Il avait déjà libéré son bec et essayait, en forçant avec sa tête, d'agrandir l'orifice, lorsque je vois un homme lever sa hache une première fois pour casser la coquille, une seconde fois pour fracasser le crâne de la bête.

Je hurle, mais personne ne m'entend. Tous, ils ont saisi qui une hache, qui son sabre ou son poignard, ils détruisent l'œuf et extirpent à cinq, les plus forts, le corps du poussin qu'ils traînent sur le sable.

“Êtes-vous devenus fous ? crié-je. Avez-vous déjà vu un roc ? Imaginez l'envergure des parents d'après la taille du petit !”

Mais je parle au vent. Ils rient. L'un d'eux fanfaronne :

"Ce qui est sûr, c'est que les jeunes, rôtis à la braise, sont un véritable délice !"

Et ils ricanent. Ils se régalent avec de basses plaisanteries d'hommes. Ils dissimulent leur faute dans la vulgarité.

Je suis écœuré. Je m'éloigne d'eux. Je les laisse alimenter leur feu qui flambe déjà et je marche sur le rivage. Mes années de jeunesse m'ont rejoint. Je pense à ce roc immense qui m'avait emporté sous ses ailes, à l'île aux diamants. Je rêve doucement, les yeux pleins de ces images anciennes et je ne comprends pas immédiatement que les deux nuées sombres à l'horizon, qui se dirigent à notre rencontre, sont les parents qui viennent aider leur petit à naître...

Le capitaine les a vus en même temps que moi. Je l'entends nous avertir. Je cours dans la direction des bambocheurs qui se lèchent les doigts. Je crie à mon tour :

"Vite ! Rembarquez !"

Je bifurque vers le canot, bien décidé à laisser sur place les retardataires. Les derniers arrivés nous rejoignent en mouillant leurs vêtements.

Le capitaine fait remonter l'ancre et déployer les voiles. Nous appareillons dès notre retour à bord.

Le ciel prépare ses couleurs d'ouragan. Les rocs se sont rapprochés. Ils sont bientôt sur nous, survolent leur nid et découvrent la cruauté des hommes. Ils tournoient au-dessus de l'île et leurs gémissements nous épouvantent. Ils claquent du bec en happant l'air, comme s'ils cherchaient une prise dans le ciel, pour le déchirer du levant au couchant et faire basculer le soleil dans le vide.

Ils pleurent leur misère, longtemps, puis disparaissent à l'horizon. Le capitaine et moi, redoutons leur vengeance. Nous nous éloignons le plus possible des lieux du désastre.

Les oiseaux ne tardent pas à revenir. Ils arrivent droit sur nous, un morceau de montagne serré entre les pattes.

Le mâle, le premier, largue son projectile de terre, de roches, d'arbres. Presque un îlot ! Le timonier vire à bâbord et nous sauve, mais le remous nous déséquilibre, nous incline sur le flanc. Nous sommes à la merci de la femelle. Elle ajuste son tir et nous écrase, facile.

Le navire explose. Je suis entraîné. Un filin s'est enroulé autour de mon pied et me tire vers le fond. Je retiens mon souffle. Ma poitrine est dure, je voudrais hurler et lorsque je ne peux plus résister à la pression de l'eau, je sens ma plongée ralentir ; je remonte.

Je suis emmêlé dans une drisse de la grand-voile. Un morceau de mât fracassé m'a entraîné dans sa chute et ramené à la surface. Je m'accroche à lui.

J'essaie de retrouver mes esprits. Les flots sont couverts de débris. Je n'entends pas une plainte. Je ne distingue pas un corps. Une fois de plus, je reste seul survivant...

J'avais connu tant de situations semblables que j'en frémis. J'étais effrayé par cette insistance, cette régularité de mon destin qui sans cesse revenait me heurter, sans cesse rabâchait comme si je n'entendais rien, sans cesse me dépouillait comme si je devais comprendre encore que j'étais nu.

J'étais las de ces batailles. Je me redressai, je m'assis à califourchon sur le mât, découragé.

"Jusqu'où me faudra-t-il apprendre ? Que me faut-il voir encore de moi ?"

Je m'allongeai sur mon flotteur et commençai à ramer. D'un bras, de l'autre, sans précipitation. Je savais qu'une île m'attendait, là, dans l'immense et je nageais vers elle.

*

Je la trouve après des jours. Île de perdition ? Île de salut ? Lorsque j'y aborde, je ne pense qu'à me dépêtrer de mon mât, à sécher et à dormir.

Je me réveille, dispos ; et j'escalade la levée abrupte de la côte pour m'enfoncer à la découverte de cette nouvelle terre. Ici, je ne mourrai ni de faim ni de soif. Je vois, à perte de vue, des arbres et des arbustes, des fleurs et des fruits, des épices et des baies. Je vois des ruisseaux lents dérouler leur nonchalance et des étangs, bien calés dans la paume des vallons. Je retrouve toutes les plantes que j'ai rencontrées au cours de mes voyages et, si je ne peux les désigner toutes par leur nom, je peux, de chacune, dire la terre qui lui convient, la manière de la cultiver, dire la forme de ses fleurs si elle est en fruits, la musique particulière du vent dans son feuillage. À propos de chacune, un souvenir me revient, un bonheur ou un chagrin, un soulagement ou un regret.

Je passe la journée à parcourir ce paysage en déroulant mille instants de ma vie.

C'est étrange ! Je me reconnais dans cette île. Lorsque je cueille une fleur, c'est une partie de moi que je hume. Lorsque je croque un fruit, c'est une partie de moi que je goûte. Et le soir venu, lorsque je m'allonge au pied d'un grenadier, j'ai la sensation d'avoir récapitulé ma vie.

Suis-je parvenu à l'heure où tout s'efface ?

Cette pensée m'inquiète. Je m'endors avec difficulté et me réveille souvent pendant la nuit. Je crois surprendre des glissements, des crépitements, et les cauchemars de toutes mes nuits de lutte reviennent me harceler.

Au matin, mon île sourit dans la lumière, mais mes appréhensions de la nuit demeurent.

Je reprends mon exploration et je retrouve les mêmes sensations que la veille.

Mais en sortant d'une vigne, je tombe sur un ruisseau qui me barre le chemin. Sur la rive opposée, un vieillard est assis. Il semble accablé de fatigue, désespéré de solitude. Je l'imagine rescapé d'un naufrage, mais beaucoup plus ancien que le mien. Il a perdu ses habits et n'est vêtu que d'un pagne grossier de palmes, serré par une liane. Sa barbe et ses cheveux pendent, si longs qu'il les a noués.

Je m'approche et lui, péniblement, lève la tête et me regarde sans surprise.

J'aurais dû tout comprendre à ce regard. J'aurais dû comprendre qu'il connaissait ma présence sur l'île. J'aurais dû comprendre qu'il m'attendait...

Mais moi, devant ce vieux tout cassé, je ne vois qu'un regard éteint.

"Ho, l'homme !"

L'homme ne répond pas. Il baisse les yeux et m'explique, par gestes, que le ruisseau est large et qu'il ne peut le franchir.

Je propose mes services :

"C'est facile, je vais vous passer."

En dix enjambées, je suis à ses côtés. Je le soulève dans mes bras. Il est léger comme une herbe. Je m'apprête à le faire traverser, puis je me ravise.

"Et si tu venais à glisser ? Il serait plus en sécurité sur ton dos !"

Je le dépose et je m'accroupis pour qu'il puisse s'agripper. Il grimpe. Je me relève. Il est devenu aussi lourd que du plomb…

Je traverse en assurant bien mes pas. Je prends pied sur l'autre rive et de nouveau, je me baisse pour faciliter sa descente. Le vieux reste immobile.

"Ho, vieillard ! Vous ne risquez plus rien maintenant. Descendez !"

Il ne bouge toujours pas. Mais au moment où je vais le faire basculer avec précautions sur le côté, je le sens, vigoureux, se tortiller et s'installer à califourchon sur mes épaules.

"Je ne risque rien ! hurle-t-il d'une voix qui ouvre des précipices. C'est toi qui risques tout, benêt !"

Il croise ses jambes sur ma poitrine et me serre le cou. Je découvre alors que la peau de ses cuisses, de ses mollets s'est métamorphosée en peau de vache, que ses pieds sont deux sabots et qu'il empeste une âcre odeur de purin et de fumier.

Je me débats, j'essaie de desserrer son étreinte. Rien à faire. Il me coupe le souffle. Je respire à peine et je suffoque. Ma tête s'alourdit et je perds conscience.

Lorsque je reviens à moi, il est toujours collé à mon corps et me guette.

"Debout, ma bête ! Debout, ma monture ! Porte-moi ! Tu n'as pas encore assez porté dans ta vie ! Pas assez enduré !"

Il m'éperonne d'un violent coup de sabot dans le

ventre qui m'oblige à me relever, et me redresse la tête en me tirant la tignasse.

“Fière la tête et crinière au vent, ma bête. Au galop, porte !”

Et je galope, et je trotte, et je parcours l'île en tous sens, aux ordres de mon cavalier.

Et je galope, et je trotte et pendant mon parcours, je continue de retrouver des images de ma vie qui m'attendent.

Lorsque le vieux a faim, je m'arrête sous un arbre pour qu'il s'empiffre de fruits. Lorsqu'il a soif, je me courbe au bord des sources pour qu'il se rafraîchisse. Lorsqu'il me sent peiner, il redouble ses coups et me force à accélérer.

Je ne suis même pas une bête, une bête se ménage. Je suis un objet qu'il cherche à briser. Il veut mes plaintes, ma peine et mes soupirs, jusqu'au dernier.

Hindbad, mon frère portefaix, sur cette île, pendant des jours, j'ai appris la brûlure de la poussière mêlée de sueur. J'ai appris l'écume blanche de la salive sur les lèvres qui craquent et la langue qui ne trouve plus sa place dans la bouche. J'ai appris ce sillon dans la jointure des épaules, comme une lame qui veut trancher, et cette pesée qui brise la nuque, glisse sur la poitrine et se referme sur les côtes. J'ai appris ces élancements des reins qui montent vers le dos, la déchirure des cuisses et des mollets.

Hindbad, mon frère portefaix, sur cette île, pendant des jours, sous la férule de ce vieux, j'ai revécu tous les instants de ma vie passée et j'ai appris à les porter.

La nuit, je dors avec mon fardeau toujours serré. J'essaie de récupérer de quoi résister le jour suivant. Combien de temps pourrai-je lutter ? Mon vieillard aux pieds ferrés ne me lâchera pas. Comment le surprendre ?

Un jour, en découvrant des calebasses sèches, une idée folle me traverse l'esprit.

"Du vin ! Essaie de faire du vin !"

Je ramasse quelques fruits que je vide de leurs graines et je cueille des grappes dans les premières vignes que nous trouvons.

Sur mon dos, le vieux grogne, me décoche des coups de pattes dans les flancs.

"Avance, la bête. Pas faim, la bête ! Pas soif !

— C'est pour vous ! répliqué-je. Une liqueur que les dieux ont donnée aux hommes."

Intrigué, il me regarde presser le raisin dans les calebasses.

"Voilà ! lui dis-je à la fin. Maintenant, il faut attendre que la pulpe se dépose et laisse surnager le meilleur du fruit."

Quelques jours plus tard, je lui propose de goûter la boisson.

"Buvez, dis-je, en lui passant une gourde par-dessus ma tête. C'est un breuvage qui fait descendre le ciel dans le cœur."

Il se méfie. Il renifle longuement le vin et le repousse.

"Non ! hurle-t-il de sa voix de caverne. La bête a soif ! D'abord la bête !"

La bête obéit. Elle boit, et goulûment. Elle en profite. Elle a goûté de meilleurs crus, la bête, mais elle ne se plaint pas.

Je vide la calebasse d'un trait, mais le vieux ne se décide pas. C'est raté ! Nous reprenons notre marche.

Ce vin est médiocre, mais je n'en ai pas bu depuis longtemps. Il me fait pétiller le sang et finit par alléger le poids du vieillard. Je ris, je chante, j'oublie mon supplice. Je parle à voix haute.

C'est alors que je reçois des coups violents sur le crâne et que j'entends brailler le vieux :

"L'homme a soif ! Donne, la bête ! Donne la liqueur de Dieu !"

Je galope en sens inverse. Je retrouve mes calebasses. Je lui en offre une. Il la vide d'un trait. La jette en claquant des lèvres. Réclame la deuxième, qu'il descend aussi vite ; lampe en deux goulées le contenu de la dernière et, furieux d'avoir tout bu, me frappe avec la calebasse vide.

"Encore, la bête ! Encore, liqueur !"

Je ramasse mes récipients, je retourne dans les vignes préparer une nouvelle cuvée et pendant que je vendange, le vin commence à agir. Il provoque chez le vieux, les mêmes effets que chez moi. Les mêmes, avec plus de violence...

Il s'agite, tortille ses fesses sur mes épaules, puis se met à chanter. Mais ce n'est pas un chant, c'est un affreux grincement de roche frottée sur du fer. Il se met à rire, mais ce n'est pas un rire d'homme. C'est un crachement de lave soufflé par un dragon. C'est un barrissement d'éléphant déchiré par un roc.

Et plus il se déchaîne, plus il empeste. Je n'en peux plus de le porter. Il se trémousse, il soubresaute, il hoquette, il râle et je comprends qu'il est pris de nausées. Le vieux vomit son vin et, pendant quelques secondes, reste décontenancé. Je sens l'étau, sur mon cou, se relâcher, et ses jambes toutes pendantes.

Je n'espérais plus cet instant. Vite, je saisis mon cavalier sous le creux des genoux et le vide des étriers... Il pirouette et s'affale sur le sol. Il est tellement ivre qu'il se rend à peine compte. Il continue de rire, de chanter, de vociférer au milieu des contractions de son estomac.

Je me précipite sur un rocher. Le plus lourd que je peux soulever. Ses yeux s'arrondissent. Comprend-il ce qui lui arrive ? Je n'hésite pas. Je n'attends pas. Je lui écrase la tête, sans regrets, sans faiblesse.

*

Enfin le silence et l'île, telle qu'au premier jour. Enfin, les arbres et les arbustes à perte de vue, les fleurs et les fruits, les épices et les baies, et cette impression retrouvée que chaque plante me parle, éveille un souvenir perdu.

J'écoute, libéré de l'effroyable poids qui me brisait, tous ces instants de ma vie qui viennent s'offrir à moi parce que je les mérite toujours. Je m'installe dans cette paix, mais je sais que mon séjour ici s'achève et je laisse mes pas, lentement, me ramener vers le rivage.

J'y découvre des hommes. Des matelots venus faire de l'eau et se ravitailler en fruits frais. J'y découvre des hommes et cela ne me surprend pas.

Ils m'aperçoivent descendant la falaise. Ils se précipitent en criant :

“Malheureux, ne restez pas ici. Vous êtes sur l'île du vieillard de la mer.

— C'est un monstre ! Personne ne lui échappe.

— Je sais, dis-je. C'est un vieux tout cassé, barbe et cheveux noués. Il a des pattes de vache et des sabots ferrés. Il empeste le purin et le fumier.”

Ils me regardent, effarés.

“Vous l'avez vu ?

— Je l'ai vu. Je l'ai porté des jours entiers. Je l'ai tué.”

Ils s'écartent de moi comme on s'écarte des héros, des demi-dieux.

“Vous êtes le premier qui lui échappe !

— Et le dernier", ajouté-je en riant.

Ils m'apprirent que le vieillard de la mer avait tué tant d'hommes que personne ne s'aventurait jamais sans escorte sur cette île. Puis ils m'emmenèrent sur leur navire, où le capitaine et les passagers furent émerveillés de m'entendre raconter.

*

Quelques jours plus tard, notre bateau entra dans un port aux vraies bonnes maisons de pierre, sur l'île de Byramgore. J'étais démuni de tout. J'avais quitté mon pays sur mon propre navire, avec mon propre équipage et je n'avais pas un dirham[1].

Un des marchands du bord qui s'était lié d'amitié avec moi me dit :

"Si vous êtes robuste et assez prudent, je connais ici un moyen de gagner facilement sa vie."

Il m'apprit que l'île était couverte de cocotiers et que la principale occupation des habitants de l'île était la récolte du coco.

"Si cela vous tente d'essayer, je peux vous recommander à un ami."

J'acceptai et le lendemain, il me conduisit chez un marchand dont les entrepôts se trouvaient sur le port. Celui-ci m'intégra à une de ses équipes de cueilleurs,

1. Dirham : unité monétaire et unité de poids. Un dirham contenait environ 3 g d'argent et valait, en théorie, 1/10 de dinar.

me permit de travailler pour mon compte et me proposa même d'acheter ma récolte.

C'est ainsi que, pour un temps, j'entrai dans le commerce du coco.

*

Tous les jours, des navires quittent l'île de Byramgore. Ils emportent de pleines cargaisons vers les ports de l'Inde, d'Arabie, de Chine. Ces cocos sont recherchés pour l'excellente qualité de leurs fibres dont on confectionne des cordes résistantes.

Mais les cocotiers sont hauts et les Byramgori, pour les cueillir en évitant des accidents, ont élaboré un procédé ingénieux. Ils se servent des singes qui pullulent dans leurs forêts et qui s'enfuient dans les arbres en hurlant dès qu'ils aperçoivent des hommes.

La récolte commence toujours par ce mouvement de panique. Ensuite, lorsque les animaux sont perchés, les « cueilleurs » font provision de pierres. Au signal de l'un d'eux, tous ensemble, ils bombardent les singes qui s'agitent en couinant, s'affolent et finissent par riposter en utilisant les projectiles qui leur tombent sous la main : les cocos !

C'est le moment le plus dangereux de la « cueillette » et il vaut mieux attendre à l'abri que les singes se calment. Ensuite, il suffit de se baisser pour ramasser et emplir son sac.

*

Comme promis, le marchand qui m'avait engagé acheta ma récolte et pendant plusieurs semaines, je « cueillis ». Je négociai mes fruits au jour le jour, puis j'engageai des cueilleurs. J'amassai davantage et commençai à traiter directement avec les navires. J'économisai ainsi bien plus que le prix de mon voyage de retour.

Le jour où je me décidai à repartir, je possédais d'importantes réserves que je fis embarquer. Elles me serviraient, si l'occasion se présentait, de monnaie d'échange pour acheter des épices ou du teck.

Avant de quitter l'île de Byramgore pour toujours, je remerciai le marchand qui m'avait aidé à m'installer. Je crois qu'il n'était pas mécontent de mon départ. J'étais devenu un redoutable concurrent.

Le navire prit la direction de l'île de Farukundu, où les poivriers sont aussi abondants que les cocotiers sur Byramgore. J'en achetai contre la moitié de mon coco et me débarrassai du reste contre du bois d'aloès, sur l'île suivante, l'île de Comari.

Là, j'appris que le capitaine souhaitait remonter vers Daybu, sur la bouche de l'Indus, en cabotant tout le long de la côte du Komikan. Je préférais une traversée directe jusqu'à Mascate pour rejoindre ensuite

Bassorah. Je fis débarquer mon poivre et je m'installai à Comari en attendant une occasion.

Les habitants de cette île sont doux. Ils craignent Dieu, pratiquent leur religion avec une grande rigueur et ne boivent jamais d'alcool. On ne trouve, du reste, aucune taverne dans toute leur île où, en plus de l'exploitation de l'aloès, on pêche aussi les perles.

Le coco m'avait réussi, je tâtai des perles. J'engageai des plongeurs et, en quelques semaines, je recueillis un trésor de nacre. La chance me souriait.

Poivre, aloès, perles, j'étais presque dédommagé de tout ce que la tempête m'avait englouti et, comme pour mettre un terme à cette expédition, un boutre venu de Fantsour entra dans Comari avec l'intention de se ravitailler et de lever l'ancre dès que possible pour Bassorah.

Je repartis à son bord.

*

Avez-vous déjà quitté votre pays, mes princes ?

Avez-vous déjà éprouvé le sentiment qu'il vous retenait et qu'il vous fallait à tout prix vous en éloigner ? Qu'il était devenu stérile et ne savait plus vous surprendre ?

Avez-vous quitté votre pays pour l'effacer de vous et l'avez-vous retrouvé après l'avoir cru perdre ?

Alors, vous connaissez le vertige du retour, mes

princes. Cette impatience qui anticipe la rencontre et vous fait rêver de votre ville avec des images anciennes.

Vous connaissez le choc de la confrontation : en vous, le pays espéré ; hors de vous, le pays réel, et, entre les deux, une sensation qui blesse votre joie, fige votre émotion. Un étonnement, une fêlure. Vous découvrez que le pays ne vous a pas attendu. Qu'il a continué d'évoluer sans vous et qu'il note à peine votre présence.

J'ai ressenti cela en retrouvant Bassorah. J'ai ressenti cela en retrouvant Bagdad.

Alors, j'ai décidé de fêter mon arrivée. Parce que les réjouissances sont le meilleur moyen de reprendre possession de ce qui nous échappe.

Par ces festivités, je voulais manifester ma joie de rentrer au pays et affirmer ma résolution de ne jamais plus le quitter.

Je revenais avec des richesses qui me plaçaient définitivement à l'abri du besoin, mais surtout, il me semblait avoir vidé de moi ce goût incessant de la course qui m'avait harcelé depuis ma jeunesse et revenait, avec constance, me pousser sur les crêtes de la vie. »

C'est alors qu'un événement imprévu survint. Hindbad, le porteur, qui avait toujours écouté Sindbad sans piper, se mit à parler comme s'il réfléchissait à haute voix.

« Les périls que vous avez affrontés, Seigneur, se sont toujours présentés à vous à deux reprises », dit-il.

Un murmure parcourut la salle du banquet. Personne n'aurait osé s'adresser à Sindbad aussi directement. Le gueux, lui, se permettait de parler.

Sindbad regarda le porteur avec intérêt et engagea la conversation :

« Je suis étonné que tu aies remarqué ce détail, dit-il. J'y ai beaucoup songé moi aussi. Pour quelle raison, selon toi, ai-je dû combattre deux fois les serpents, me heurter par deux fois aux mangeurs d'hommes et, à deux reprises aussi, affronter la mort et la donner ?

— Peut-être, répondit Hindbad, parce que les démons se présentent à nous une première fois pour qu'on les découvre, une seconde pour qu'on les reconnaisse. Peut-être est-ce leur façon de nous apprendre qu'ils ne nous quittent jamais.

— C'est à cette conclusion que je suis parvenu moi-même », répondit Sindbad.

Il ne prêta aucune attention à la jalousie qui retenait le souffle de ses convives. Il continua de parler avec son invité favori et leurs deux voix murmuraient comme deux fontaines dans un patio ombragé.

« Et les naufrages, demanda-t-il, je suis curieux de savoir ce que tu penses des naufrages ?

— Les naufrages sont le souffle d'Allah qui hésite, avant de savoir où il va nous conduire. »

Hindbad avait parlé d'une traite avec une certitude qui étonna tout le monde.

« Voici une réponse que je n'attendais pas, fit Sindbad. Mais je ne suis pas surpris de l'entendre de ta bouche. Prends ces cent dinars, mon frère, pour te récompenser de ta pertinence, et reviens demain. Je te donnerai des forces nouvelles car, contrairement à ce que je croyais, je n'en avais terminé ni avec les naufrages ni avec les terres inconnues. »

7

Sixième voyage : Sur les eaux de la rivière noire

« Vous aurez certainement du mal à comprendre, mes seigneurs, qu'après tous les dangers que j'avais affrontés, toutes les catastrophes auxquelles j'avais survécu, j'aie décidé de repartir une sixième fois.

Ce n'était plus le désir de conquérir de nouvelles richesses qui m'attirait. Je possédais plus que j'avais jamais rêvé de posséder et mes affaires continuaient de prospérer. Mes caravanes sillonnaient notre empire et les empires voisins. À l'ouest, jusqu'au Maghreb et au pays des Germains, à l'est jusqu'à la Chine.

Ce n'était plus la curiosité, l'appétit d'inconnu qui me fascinait. J'avais couru le monde pendant tant d'années, vécu avec tant de peuples différents, appris tant de dialectes et de coutumes que je me plaisais maintenant dans ma ville. Je n'éprouvais plus le besoin d'élucider tous les mystères du monde. J'étais devenu patient et mesuré dans mes jugements.

Alors, pourquoi, demanderez-vous ? »

Sindbad se tut et réfléchit. Il cherchait à évoquer une sensation qui émane parfois des êtres et désirait l'exprimer par des mots simples.

« Tenez, dit-il, il me semblait que malgré toutes mes richesses, toutes mes relations, ma vie manquait de l'essentiel !

Lorsque vous partez, chacun de vos pas invente votre chemin et ce chemin, peu à peu, monte dans vos jambes et se confond avec vous. Comme si vous dormiez et que vos pas vous réveillent. C'est un étrange sentiment. Le potier l'éprouve, quand il voit sous ses doigts s'élever, de la boule de terre, une cruche, comme s'il était d'argile, lui-même, et que ses mains le lui révèlent.

Partir, c'est s'offrir à cette magie.

Après m'être longtemps reposé de mes fatigues, après avoir retrouvé les miens et m'être installé dans une vie paisible, je prenais conscience que chacun de mes périples m'avait offert cette occasion de m'étonner. Et c'était cela qui me manquait : brasser ma vie pour en cueillir, quel qu'en soit le prix, l'écume.

Voilà ! Vous savez maintenant ce qui m'a décidé à repartir.

J'ajouterai une autre raison. Ces voyages avaient tellement ponctué ma vie qu'en ne quittant plus Bagdad, il me semblait trahir ce que j'avais été. Je laissais faner des facultés qui demandaient à s'épanouir encore. Je me sentais lâche.

Je préparai donc des bagages. De simples bagages de voyageur : des vêtements, de la nourriture, des objets précieux à négocier contre du numéraire. Je ne voulais ni acheter ni vendre. Je partais pour partir. Pour être mon chemin.

Quelques années auparavant, j'avais aimé voyager à travers la Perse. Je repris cette direction, mais je traversai de nouvelles régions. À Téhéran, j'obliquai au nord, vers Nichapur, et là, suivis les pistes de l'est, Harat, Balkh, Kabul et je descendis la vallée de l'Indus, jusqu'à la mer du Lar. Six cents parasanges !

Je ne vous dirai rien des villes que j'ai traversées, des farouches tribus que j'ai rencontrées. Je ne vous dirai rien de l'âpreté des montagnes que j'ai franchies, des hauts cols qui ouvrent des brèches entre les provinces, des vallées où des attroupements de cultures se massent pour regarder passer les fleuves car, en atteignant la mer, j'avais l'impression que mon voyage n'avait pas encore commencé. Malgré la distance parcourue, j'étais insatisfait.

Aucune route terrestre ne peut vous offrir le mystère de la mer. Où que vous alliez, par voie de terre, même par les sentiers les plus risqués, les pistes les plus infestées de pillards, partout votre pied trouve la continuité d'un sol. La mer, elle, vous impose toujours une rupture et lorsque vous appareillez, vous laissez sur la côte votre sécurité, votre passé.

Une nouvelle fois, devant l'océan, je fis le choix de l'avenir. Je laissai parler le Marin et j'embarquai. Pour quelle destination ? Peu m'importait ! Sur le premier navire pourvu qu'il aille loin. Un capitaine me parle de la Chine. Va pour la Chine ! J'y parviendrai peut-être. Je ne suis qu'un voyageur, un passager à la grâce de Dieu qui ne craint plus les tempêtes de la vie.

*

Et voici l'océan ouvert, parcouru par le vent, les chants des matelots, mangés par le claquement des voiles. Voici un vaisseau, insecte de bois, raide, mené par des hommes, qui cahote, se dandine et trace en grinçant sa voie, à travers une prairie mouvante entrecoupée à l'infini de vallons et de buttes.

Nous naviguons longtemps, faisant relâche dans de rares îles inhabitées. J'ai croisé plusieurs fois dans ces eaux et je suis surpris de voir que nous évitons tous les ports de la côte du poivre. J'en fais la remarque au capitaine. Il me répond que chaque navigateur possède ses propres routes et qu'il garde le secret des siennes.

Son secret, hélas ! restera gardé à jamais.

Quelques jours après notre conversation, je le vois discuter avec son pilote, l'air anxieux. Les ordres à l'équipage se contredisent, les changements de cap se multiplient et les matelots manifestent de l'inquiétude.

Ces hésitations se prolongent pendant toute une semaine et le vaisseau ne retrouve jamais son allure franche. On dirait qu'il navigue à regret. Que la crainte l'a saisi, lui aussi.

Le pilote scrute l'océan, interroge la vigie sans cesse. Le capitaine observe les flots, écoute le grincement de la coque, à l'affût d'indices et soudain, jette son turban à la mer et s'arrache la barbe en hurlant.

Les passagers, les esclaves, l'équipage, tous accourent sur le pont et le voient, en larmes, trépigner comme un dément.

"Pardonnez-moi, avoue-t-il au milieu des sanglots. Les vents nous ont déroutés. Nous sommes dans la zone la plus dangereuse de l'océan."

Des cris de colère s'élèvent, des mouvements affolés, un début de panique. Certains menacent le capitaine, l'insultent.

"Si ma vie pouvait vous sauver, reprend-il, je vous l'offrirais sans hésiter, mais nous sommes perdus, irrémédiablement. Un courant nous a saisis et nous entraîne. Vous le percevrez bientôt. Il va forcir et nous pousser. Une montagne gigantesque surgira. Vous ne

la voyez pas encore, mais elle est là, proche. Elle veille dans le gris, tapie, et le courant nous y fracassera.

— À mort ! crie une voix.

— Tuons-le nous-mêmes, avant que l'océan le prenne ! ”

C'est alors que le navire tremble. Les bordages frémissent sur les membrures.

“Priez ! hurle la voix défaite du capitaine. Priez ! Attirez sur nous la pitié d'Allah ! ”

Une tornade s'abat sur le navire, déchire ses voiles d'un mouvement tourbillonnant qui remonte vers le ciel. Un sifflement crève les flots, fracasse le gouvernail. La proue s'enfonce. Des filins se rompent, cinglent l'air, entraînent, dans leur chute, des vergues folles.

Et soudain, au milieu des hurlements et des prières, nous voyons, dans la déchirure d'un banc de brume, l'effrayante levée d'une montagne, étincelante d'écume et de sel, contre laquelle nous nous précipitons.

Des hommes sont projetés à la mer, d'autres y plongent, horrifiés par le choc qui se prépare. Le boutre, charrié par la furie, bondit sur l'eau, tremble et se disloque contre le soubassement rocheux de la montagne.

Le vent tombe aussitôt. La mer expire son trop-plein de violence, enfle et désenfle, cherche dans ses tréfonds son grand souffle paisible. Sur le rivage, des hommes hébétés se relèvent. Le mal est fait.

Comment avons-nous pu survivre à ce désastre ? Le capitaine affirme qu'Allah a exaucé nos prières mais qu'il nous a évité une mort pour mieux nous promettre à une autre.

"Regardez autour de vous, dit-il, nous ne sommes pas les premiers."

En effet, l'île est un cimetière. Pire, une nécropole. Partout, des débris ! Débris d'hommes et débris de navires mêlés. Des ossements innombrables, des corps éparpillés sur le rivage, dans les dunes, dans le creux des rochers. On voit des balles de marchandises éventrées, des rouleaux de tissus, de soie brodée, de lin, des pièces de chanvre, du coton, des billes de bois précieux, des coffres, des malles ferrées aux couvercles arrachés, pleines de poudre d'or renversée, de rubis, d'obsidienne, de bijoux, de la vaisselle d'or, des bassins de cuivre incrusté de nacre, des dents d'éléphant dans leurs étuis de cuir déchirés. Et, veillant sur cette horreur, les grandes silhouettes déchiquetées des coques plantées sur le haut-fond, des fragments de mâts à demi dressés, des lambeaux de voiles et du bois, des quantités de bois rejeté à la côte, comme si la mer avait rendu ses biens à la terre.

Nous sommes tous choqués et il faut la voix ferme du capitaine, qui a retrouvé son sang-froid, pour nous tirer de notre apathie.

“Nous devons récupérer la nourriture qui se trouve encore dans l’épave, avant que l’eau ne gâte tout. Le temps presse. Essayons de rapporter autant de vivres que nous pourrons. Nous les partagerons ensuite.”

Son énergie secoue la nôtre. Les plus courageux s’enfoncent dans les vagues, retenus par des cordages noués autour de leur taille.

Nous récupérons du riz et du blé, des dattes, des figues et des olives, un peu de buffle. Le capitaine procède au partage et chacun reçoit une égale quantité de tout. À la fin, il nous met en garde.

“Le moindre vol sera puni d’une mort immédiate. Nos jours sont comptés. N’espérez ni aide ni secours. Aucun navire, dans les parages de cette montagne, ne peut échapper aux courants. Aucun ! Nous allons tous mourir, mais regardons cette vérité ensemble. Affrontons notre peur et parlons. Efforçons-nous d’aimer la vie jusqu’au seuil de la mort.”

Curieusement, cette sincérité nous donne confiance. Personne ne crie ou ne proteste. Chacun reste silencieux. Les paroles du capitaine ont éveillé une sorte d’espoir.

Comprenez-moi bien ! Pas l’espoir de nous soustraire à la mort. L’espoir de demeurer des hommes ! Et cet espoir tient à la franchise de ses paroles. Il a prononcé, à notre place, des mots que nous n’aurions pas pensé dire. Il n’a pas menti. Il nous a encouragés à ne pas nous mentir. C’est le mensonge qui sécrète le désespoir. C'est le désespoir qui fait perdre la raison, crispe notre chagrin sur la vie qui s'égoutte et nous empêche d'en savourer la dernière rosée.

*

Je me lève et je marche. Je regarde ce rivage.

C'est une montagne immense et escarpée dont le pied s'achève sur la mer par des pentes retenues. Elle étincelle. Non pas d'écume, comme je l'ai cru tout à l'heure, mais de cristal et d'émeraude. La montagne est un immense trésor : un gisement de turquoise, traversé par des veines d'opale et de lapis-lazuli. Les parois scintillent de saphir bleuté, reflètent la lumière mélancolique de l'améthyste, l'éclat du rubis.

Au pied d'une falaise, je découvre une cascade noire, de poix ou de bitume, qui se perd dans la mer. D'énormes poissons viennent se nourrir de ce liquide nauséabond et le rejettent, une fois digéré, sous forme d'ambre gris. Vous avez bien entendu, d'ambre gris ! Les eaux de la baie qui abritent cette cascade en sont couvertes. Des blocs énormes flottent à la surface et s'accumulent sur le rivage.

Plus loin, sur des versants pentus, des arbres. Et quels arbres, pensez-vous, peuvent pousser ici ? Rivaliser avec les richesses minérales de la montagne ? De hauts tectonas[1], pas moins, aux troncs parfaits, et des santals.

Nous avons battu des tempêtes, tenu des continents pour conquérir ces trésors et ils sont là, tous, rassemblés sur cette terre, à notre portée, comme s'ils savaient que nous ne pouvons plus les contempler que pour eux-mêmes.

Mais à l'extrémité de l'îlot, alors que je me prépare à rebrousser chemin pour rejoindre les autres naufragés, je tombe sur un phénomène plus étrange encore. C'est une rivière d'eau douce, semblable à toutes les rivières, sauf que celle-ci ne s'écoule pas vers la mer, mais s'en éloigne. On dirait même qu'elle la fuit. Ses eaux s'en approchent, puis refluent pour se perdre sous la montagne où elles pénètrent par une grotte ouverte largement et haute, comme une mâchoire de monstre.

Je m'assois sur la berge, songeur, et je regarde le flot s'engouffrer sous la roche. L'eau paraît entraînée vers le cœur de la montagne par une force semblable à celle qui nous a jetés sur le rivage.

Quelle énergie mystérieuse anime donc ce lieu ?

Jusqu'au soir, je reste à m'interroger, et je rejoins mes compagnons un peu avant la nuit, sans être plus avancé.

*

1. Tectona : arbre tropical, dont le bois se nomme teck.

*

Les jours passent et nous nous affaiblissons. Nos parts de nourriture diminuent et ceux qui, par bravade, pour en finir plus vite comme ils l'affirmaient, ont épuisé les leurs, regrettent leur précipitation. Lorsqu'ils meurent, nous les inhumons.

Dès cet instant, chacun se creuse une fosse, pour épargner les forces de ceux qui lui survivront.

La tristesse est sur nous. Des pleurs, des gémissements montent çà et là. Et la mort, chaque jour, éteint la peur de ceux qui ont assez souffert.

Je parviens à résister. J'épargne ma nourriture et je dure. Jamais je ne renonce à vivre. Jamais je ne cède au désespoir. J'ai connu des instants pénibles et je les appelle. Ils viennent. Ils me massent le ventre, ils m'échauffent l'esprit comme un vin. Et quand ils m'entendent regretter d'avoir entrepris ce dernier voyage, ils chassent mes regrets. Et quand ils me sentent attristé par un souvenir heureux, ils me remémorent les cyclopes, les serpents, les mangeurs d'hommes, tous ces pièges passés que j'ai su déjouer. Je les entends murmurer :

« Pour trouver la guérison, fouille au sein de la maladie. »

Je reconnais, inchangée malgré les années, cette voix qui vient de plus profond que ma jeunesse. Je me lève à son appel. Tous mes compagnons sont morts et je reste vivant. Je marche et mes pas me disent :

« Il faut marcher encore, descendre dans le gouffre, aller vers l'intérieur. C'est là que sont toutes les issues. »

Je pense à la rivière. Je reviens vers ses eaux. Elle s'enfonce, toujours poussée vers le creux de la gorge qui bâille.

Je la regarde comme je regarderais un brasier, sans oser tendre la main. J'hésite.

« Il existe des feux, me dis-je, qui éclairent sans brûler... Cette rivière qui se perd doit forcément, un jour, se retrouver... »

C'est ainsi que je décide de partir.

Je retourne vers le rivage et je choisis parmi les épaves des planches de bordage, des poutres et des filins pour me construire un radeau solide. Je charrie le tout, pièce à pièce, au bord de la rivière où j'assemble mon embarcation. Après quoi, je prépare mes bagages en puisant, dans les cargaisons naufragées, l'ivoire et l'écaille, l'or et les bijoux. J'arrache de la montagne des gemmes brutes, incrustées dans leur roche mère, et je remplis plusieurs coffres d'opale et d'émeraude, de béryl et d'améthyste, de topaze, de turquoise et de rubis. J'emporte une source de lumière sur mon radeau. Un fanal. Je complète mon chargement avec de l'ambre gris enroulé dans de la toile de voile. J'amarre solidement le tout avec des cordages, j'ajoute mes dernières réserves de nourriture et pousse mon radeau dans le courant.

Je pénètre ainsi dans la grotte. La lumière disparaît peu à peu. Je m'assois sur un coffre de pierreries et je ferme les yeux. J'écoute, comme dans mon tombeau. Je connais ces sensations. Elles ne m'effraient pas.

Je n'entends rien. Même pas le chuintement de mon radeau sur l'eau. Pas de bruit, pas d'écho. Je suis incapable de me représenter ce gouffre. J'ouvre les yeux et ne distingue rien. Pas la moindre nuance de gris sur le noir. L'obscurité est plate.

Je ne sens qu'une tiédeur infime qui semble émaner de la rivière. Une source de vie ? Une conscience ?

Je demeure immobile, sans oser parler, de peur que les ténèbres n'entrent en moi par ma bouche. La rivière sait-elle qu'elle me dirige ? Connaît-elle la destination ? Je pense à cette croyance des anciens Grecs. À ce fleuve qui descendait les âmes dans le royaume des morts. Ai-je trouvé, par inadvertance, les sources du Léthé ? Suis-je mort ? Peut-on mourir sans le savoir ? Et si la vie perdure après la mort, comme l'assure le Prophète, peut-on, à ce point, conserver dans l'au-delà l'illusion qu'on est vivant ?

Je ne sais plus. Le doute embrouille mes pensées. Je hurle :

« Je ne suis pas mort ! »

Je ne reconnais pas ma voix. La voûte l'écrase, l'air autour de moi l'avale.

À tâtons, je fouille dans mon sac de nourriture, mange quelques olives, suce les noyaux que je conserve précieusement pour tromper ma faim quand je n'aurai plus rien.

Je me recroqueville au milieu de mes sacs et je m'endors.

Le temps passe. Des jours. Je mange, miette à miette. J'étire mon envie de vivre, mais je m'affaiblis. Je dors de plus en plus. Parfois, mon tunnel s'étrangle. Ses parois heurtent un coffre qui tombe. Mon chargement maigrit lui aussi.

J'ai mangé depuis longtemps ma dernière poignée de riz, ma dernière pincée de blé. Mes noyaux d'olives, de dattes ne trompent plus ma faim. Je me sens glisser. J'entends encore mes bagages qui continuent de s'égrener dans le sillage de mon radeau et je perds conscience. J'emporte avec moi la certitude de connaître le passage vers la mort et d'entrer bientôt dans les jardins d'Allah...

*

Je me réveillai dans la lumière. Une lumière vivante où chantaient des oiseaux aux longues plumes. J'étais allongé sur des nattes épaisses, en fibres d'aloès, adossé contre un arbre. Devant moi, sur un fleuve d'argent, mon radeau était amarré. Le fleuve glissait au loin. Son dos d'écailles se perdait dans la foison verte d'une plaine. Des montagnes bleues étaient posées, ici et là, comme des cornets à dés sur un damier, et dans l'air ondulait un parfum léger de rose et de jasmin.

Immobile, je croyais respirer l'harmonie du paradis lorsque je découvris que je n'étais pas seul. Un homme veillait sur moi. Un Noir. Il me sourit et, dans une langue inconnue, appela d'autres Noirs qui accoururent, heureux de me voir éveillé.

Je souris à mon tour. Plutôt soulagé de voir que j'étais de l'autre côté de la montagne, dans une terre de miel protégée des tempêtes et non dans les jardins d'Allah, où toutes les langues sont mêlées.

Je me levai péniblement, m'inclinai devant tous ces hommes et j'ouvris les bras en chantant :

« Ne désespère pas, emplis-toi de confiance, Dieu est en toi. Il veille. Accepte sa puissance. Ose entrer dans la nuit, te perdre dans les brumes.
Il peut, sur ton malheur, construire ta fortune. »

L'un d'eux s'approcha de moi et me dit en arabe :

« Notre bonheur est encore plus grand d'avoir sauvé un frère. »

Puis il me raconta qu'ils travaillaient dans leurs champs quand ils avaient aperçu mon radeau à la dérive.

Il m'apprit aussi que le fleuve s'écoulait d'une montagne très haute qui formait l'extrémité du monde. Qu'aucun homme de ma race n'avait jamais navigué sur ses eaux et que ma présence ici était un mystère. Quand il m'eut tout expliqué, il se tut, fit signe à ses compagnons de s'asseoir et s'assit avec eux. C'était mon tour de parler.

Je réclamai d'abord à manger et, une fois rassasié, je leur révélai que les montagnes qui fermaient leur pays étaient elles-mêmes protégées par un océan furieux ; qu'elles portaient les plus magnifiques trésors de la terre, mais qu'on ne pouvait les voir sans mourir.

« De tous les hommes qui les ont contemplés, leur dis-je, je suis le seul survivant. »

Je m'interrompais souvent, pour laisser à mon interprète le temps de traduire. Tous étaient très excités et leur agitation grandissait à mesure qu'ils apprenaient mon aventure. On aurait dit qu'ils la connaissaient déjà. À la fin, l'homme qui parlait arabe m'apprit qu'une légende de leur pays décrivait ces montagnes telles que je les avais vues.

« Il faut que notre roi vous entende. Nous allons vous conduire à son palais », ajouta-t-il.

Un homme m'aida à monter sur un cheval, vingt autres halèrent mon radeau sur la rive et le soulevèrent, puis notre colonne se mit en marche.

La campagne était toute vallonnée et la moindre parcelle de terre y était cultivée. Les champs ressemblaient à des jardins. Les rizières alternaient avec des plantations de cocotiers, d'aréquiers, des bosquets de cinnamomes à l'écorce de cannelle, des coteaux recouverts de citronnelles...

À perte de vue, je découvrais la profusion d'une terre généreuse et la minutie de ceux qui la cultivaient.

« Serendib ! me répondit mon guide, lorsque je lui demandai le nom de ce pays heureux. Vous êtes dans l'île de Serendib ! »

*

Le palais du roi de Serendib domine sa capitale. Construit au sommet d'un piton rocheux, il flotte comme une île au milieu des maisons.

Deux lions gigantesques, sculptés dans le socle de pierre, lui servent d'assise. Ils sont vivants, affirme-t-on, et veillent sur le royaume. Ils se réveilleront le jour où un danger grave menacera la paix de l'île et conduiront le palais et le prince en lieu sûr. Tous les sujets s'abriteront dans leur ventre. Les hommes dans l'un, les femmes dans l'autre.

J'escalade les mille marches de pierre qui se glissent entre les lions et conduisent au palais où je pénètre avec toute mon escorte. Je suis sale, mes vêtements sont en loques et le roi me reçoit parmi sa cour, assis sur un trône en bois de noix recouvert de plaques d'or.

Il me regarde entrer. Il est grand. Son visage, émacié comme celui des ermites, est sombre. J'ai l'impression qu'il m'observe à travers le diamant de son diadème. Une pierre énorme en forme de poire, l'œil de son front qui scintille de toutes ses pensées.

Je m'agenouille et m'incline devant lui.

« Je suis curieux d'entendre votre histoire », me dit-il.

Je redresse la tête, toujours à ses pieds, au bas de l'escalier d'ivoire qui monte à son trône. La salle est pleine de ses gens, en habits chamarrés, de femmes à demi allongées sur des sofas, nues jusqu'à la ceinture, aux coiffures ornées de plumes de hérons, de nains et de singes dressés, de joueurs de trompe, d'esclaves qui brassent l'air de leurs chasse-mouches de soie.

Je ne sais si je dois me relever. Le roi ne m'adresse aucun signe. Il attend. Alors, je commence à raconter, assis sur mes talons, les mains en coupe, posées sur mes cuisses, figé dans la même impassibilité que lui.

Je décline mon nom, le nom de ma ville. Je lui dis que ma vie n'est qu'un long voyage et que j'en accomplis, dans son royaume, la sixième étape. Ensuite, j'entre dans le détail que vous connaissez déjà.

Lorsque j'ai terminé, il laisse le silence retomber sur moi et il attend longtemps, pour m'éprouver. Je reconnais ce silence. C'est le silence obscur de la montagne. Ce compagnon d'incertitude contre lequel j'ai lutté pendant mes heures de nuit, avant d'entrer dans Serendib. Je suis presque heureux de le retrouver là et je souris.

Alors, le roi, devant mon sourire, me dit :

“Sindbad, vous êtes protégé par nos dieux. En vous donnant la force de franchir la rivière de l'oubli, ils nous assurent qu'ils continuent de veiller sur le royaume. Ils nous montrent que cet accès à notre île reste toujours interdit aux hommes ordinaires. Relevez-vous.”

Je le remercie et je demande qu'on dépose mon radeau devant lui. J'ouvre mes coffres, mes ballots dépenaillés aux cordes pendantes. Je révèle l'ambre gris, l'or, les rubis, les gemmes étincelantes de la montagne.

“J'ai beaucoup perdu pendant ma traversée, dis-je au roi, mais ce trésor ne m'appartient pas. Issu de votre terre, il est à vous.”

Le roi n'a jamais senti d'ambre aussi parfumé, mais ce sont les rubis, incrustés comme des braises dans la roche, les ruissellements d'opale, de topaze, de saphir, enchâssés dans la pierre terne, qui l'émerveillent.

“Regardez-les, Sindbad ! Elles vibrent comme des promesses. Regardez-les, et comprenez comment la ferveur de quelques-uns peut transfigurer des foules. Ces joyaux sont à vous. Gardez-les tous. Ils vous ressemblent et je n'en prélèverai aucun. Soyez le bienvenu dans mon royaume. Restez-y tout le temps que vous souhaitez."

Il m'installe dans un de ses palais. Il y fait conduire mon radeau et m'attribue des officiers, pour m'accompagner partout où je désire aller.

*

L'île de Serendib est située sous l'équateur et les nuits y sont égales aux jours. Elle a la même forme de poire que le diamant du diadème de son roi. Les cultures en couvrent la plus grande partie, mais le centre est occupé par un massif montagneux d'où l'on extrait l'émeraude et la pierre d'émeri, le diamant et le kaolin.

On dit qu'Adam, après avoir été chassé du paradis, est venu se réfugier sur cette montagne. Je l'ai escaladée par curiosité. Le sommet est aride et, comme pour le rendre encore plus désolé, l'humidité qui s'élève de la plaine amoncelle des nuages qui s'amassent sur les versants et me coupent du monde.

Je reste longtemps assis, isolé sur un lit blanc, entre le ciel inaccessible et le vide caché. Je déguste la paix légère des nuages, la résistance silencieuse d'une fleur dans la fissure d'une roche, l'azur régulier du ciel.

Une grande torpeur m'envahit. J'aimerais que les nuées assiègent ce sommet jusqu'à la fin des temps et m'interdisent à jamais de redescendre parmi les hommes. Je suis las d'aller toujours. Épuisé de découvrir. J'ai rassasié, sur toutes les mers, ma passion d'apprendre et de savoir. Je n'ai jamais cessé de cueillir, de récolter et pourtant il me semble n'avoir qu'effleuré des promesses. Est-ce cela vivre ? J'éprouve à présent un grand besoin de déguster cette moisson, sans bouger.

Lorsque enfin une éclaircie m'ouvre un passage dans la brume, je sais que mon séjour est terminé et je mûris ma décision de quitter Serendib.

Je vais annoncer mes intentions au roi et le supplie de ne pas considérer mon départ comme de l'ingratitude.

“Je sais pourquoi vous partez, me tranquillise-t-il, mais il vous faudra encore lutter, Sindbad, pour conquérir la paix à laquelle vous aspirez. Vous la goûterez, mais à son heure, pas à la vôtre.

“En attendant, je veux faciliter votre retour. Vous rentrerez sur un de mes navires et, afin que vous vous souveniez toujours de notre royaume, voici un présent pour vous, ainsi qu'un message pour votre prince.”

Il m'offre la charge de deux éléphants en riz, deux buffles femelles, dix brebis et il ajoute deux lions de jade qui sont la reproduction des deux piliers de son royaume.

Pour notre maître, le Commandeur des Croyants

Haroun-al-Raschid, il me remet un message, écrit avec de la poudre d'azur, sur la peau d'un lézard géant.

Le message dit ceci :

"*Le roi de Serendib, qui possède en son trésor vingt mille couronnes serties de diamants, quitte son palais dont les toits brûlent des feux de cent mille rubis, précédé de mille officiers vêtus de soie, montés sur mille éléphants caparaçonnés d'or.*

Il s'avance à la rencontre du très-puissant calife Haroun-al-Raschid et le salue.

Que cette offrande modeste témoigne de l'affection que nous lui portons et que nous sommes heureux de lui manifester.

Nous croyons mériter la même en échange, puisque nous sommes de rang égal et que nous pouvons nous considérer comme deux frères.

Adieu."

L'offrande que je reçois, au nom du calife, est composée : premièrement, d'une coupe d'une demi-coudée de haut, taillée dans un seul bloc de rubis ; deuxièmement, d'une peau de serpent doré qui préserve de toutes les maladies celui qui s'en recouvre pour dormir ; troisièmement, de deux troncs de cèdre débités et de trente grains de camphre de la taille d'une pistache. Enfin, pour accompagner ces merveilles, une esclave d'une beauté parfaite, vêtue d'une robe de velours cramoisi, ornée de brillants.

*

Après plusieurs semaines de navigation, j'atteignis Bagdad et le calife, informé de mon arrivée, me reçut aussitôt.

Je n'avais jamais assisté à une cérémonie d'audience et j'étais très ému. Le calife m'attendait, assis à l'orientale sur un *sarir.* Il portait le bonnet long et le manteau noir du Prophète, ainsi que son sabre et sa baguette, les insignes de son pouvoir. À gauche et à droite du trône, debout dans un silence absolu, derrière des cordes tendues, ses fils, le grand vizir et son escorte, le chef des armées, les secrétaires de l'Empire, les émirs et les cadis[1].

C'est devant tous ces gens que je parus, précédé du chambellan, suivi des cadeaux du roi de Serendib, eux-mêmes portés par des esclaves chrétiens.

Je m'inclinai plusieurs fois devant "le Successeur de l'Envoyé de Dieu" et je lui dis :

"Ô, Présence sainte et prophétique, vous qui fertilisez la terre par la pluie de vos bienfaits, acceptez ma modeste délégation et recevez du roi de Serendib ces marques d'affection."

---

1. Cadi : magistrat musulman qui remplit des fonctions civiles, judiciaires et religieuses.

Je remis au chambellan le message gravé sur le cuir du dragon. Il s'approcha du socle d'argent où reposait le trône, s'inclina devant son prince et lut.

Le calife approuva les termes de la lettre et je fis déposer les présents devant lui : la coupe de rubis, la peau de serpent, le cèdre, le camphre et l'esclave. Il les admira l'un après l'autre, les toucha puis me demanda :

"Ce souverain est-il aussi riche et puissant qu'il le prétend ?

— Ô Émir des Croyants, moi qui ai été témoin de sa grandeur et de son prestige, je peux vous assurer qu'il n'exagère ni l'un ni l'autre.

"Lorsque ce prince sort dans sa ville, on dresse son trône sur un éléphant harnaché de cuir, d'or et de soie. Un officier de son armée s'installe sur la tête de l'animal, armé d'une lance d'or. Un autre, debout derrière le roi, soutient au-dessus de lui une coupe d'or où repose une émeraude, haute d'une demi-coudée, entourée d'une double rangée de rubis aussi gros que des amandes.

"Il s'avance dans les rues de sa capitale, au milieu d'une haie d'honneur formée d'abord de mille cavaliers de sa garde, montés sur des chevaux aux selles d'or et d'argent, puis de mille autres soldats montés sur des éléphants recouverts de draps de soie, puis de cinq mille archers, portant des carquois décorés de perles et des arcs ciselés, puis de cinq mille cuirassiers en armures, puis de dix mille fantassins légers.

“Toute la ville est pavoisée de rideaux de soie, de tapisseries, d’oriflammes de mousseline et les rues embaument la citronnelle et la vanille.

“Chacune de ses sorties est l’occasion d’aumônes à son peuple, puisées dans son trésor personnel.

“Des fanfares de trompes signalent son passage et, de loin en loin, des crieurs annoncent son arrivée de la manière suivante.

UN PREMIER

Voici le redoutable Roi des Indes, à la force incomparable, aux armées invincibles, le plus grand de tous les plus grands.

UN DEUXIÈME

Ce Prince si puissant doit mourir, doit mourir, doit mourir.

UN TROISIÈME

Gloire à celui qui vit parmi nous ! Gloire à celui qui vit !

“Et ainsi tout au long de son parcours.

“J’ajoute que la sagesse de ce Roi est tellement partagée par tout son peuple, qu’on ne trouve dans son royaume ni voleurs ni malfaiteurs. Les cadis et les tribunaux y sont donc inconnus.”

Le calife m’avait écouté sans m’interrompre. À la fin, il me dit :

“Mon trésor peut donc s’enrichir de l’affection de ce prince. J’en suis heureux et je veux, à mon tour, te remercier d’avoir été porteur d’un si agréable message.”

Il me remit une robe d’honneur, fabriquée dans une de ses *tiraz*[1], où ses insignes étaient brodés, accompagnés d’une parole du Prophète. Il m’en revêtit en me disant :

“Porte ce vêtement en mon nom. Ceux qui te verront te respecteront et te craindront.”

*

C’est ainsi que l’audience du “Représentant de Dieu” s’est achevée.

C’est ainsi que la mienne prend fin, ajouta Sindbad. Pour aujourd’hui, car elle se poursuivra demain.

En effet, n’oubliez pas, mes seigneurs, n’oublie jamais, Hindbad mon frère, que les puissants ne nous

1. Tiraz : Manufactures d’État qui fabriquaient des vêtements officiels de cérémonie et qui possédaient seules le privilège de tisser des fils d’or.

accordent leurs faveurs, que pour nous obliger à les mériter mieux. Je ne savais pas encore qu'en entrant dans la maison de mon prince, j'entrais à son service.

Demain, vous saurez de quelle manière il est revenu me solliciter...

D'ici là, prends ces cent dinars, mon frère. Médite mes paroles et songe, toi aussi, à revenir dans la maison de ton prince... »

8

Septième voyage : Les confidences de l'éléphant

« Vous est-il déjà arrivé, mes princes, de vouloir intervenir dans un débat ? commence, le lendemain, Sindbad. De vouloir donner votre opinion, parce qu'aucun avis n'exprime ce que vous ressentez, avec exactitude ? »

Tous les convives, et Hindbad en particulier, se demandent où les entraînera ce septième récit. Ils écoutent, attentifs aux paroles du conteur, et se laissent conduire.

« Avez-vous déjà éprouvé cette impatience à montrer que vous êtes là ? continue Sindbad. À peine différent des autres, mais d'une différence qui contient toutes vos raisons de vivre ? Et si vous avez eu le courage de parler, avez-vous éprouvé la terreur d'être confus ? Malgré vos craintes, avez-vous engagé la bataille avec l'obscurité de l'approximation et avez-vous dit, enfin ? Dit avec justesse, votre sentiment, sans rien esquiver de sa complexité ?

Si oui, vous savez comment la paix monte, dans le silence qui suit la parole...

Au retour de mon sixième voyage, je ressens, comme jamais auparavant, cette paix des choses qui sont dites pour toujours. Cette paix verte qui recouvre les feux, lorsqu'ils sont consumés jusqu'à la cendre.

"Il est temps de jeter l'ancre, pensé-je. Laisse à d'autres l'océan des aventures, et tourne-toi vers celui qui ne t'a jamais abandonné pendant ce long chemin. Consacre les jours qui te restent à remercier Allah. À méditer sur le sens de ce qu'il t'a donné !"

En outre, après avoir connu Serendib, après avoir été accueilli par notre calife, je pense que je ne peux rien découvrir de plus grand. La vigueur de cette fin me plaît. Je ne veux pas risquer de l'altérer par un nouveau départ.

Hélas ! Un jour, le calife m'envoie chercher par un de ses officiers.

"Sindbad, me dit le Commandeur des Croyants, vous m'avez apporté l'amitié d'un grand prince, et je la mériterai totalement, lorsque je lui aurai offert la mienne en échange. Pour l'heure, c'est moi qui suis redevable et je veux rembourser ma dette. Soyez mon messager, Sindbad. Prenez la mer et portez ma réponse au roi de Serendib."

Cette demande de mon maître me pétrifie. Comment lui refuser sans m'exposer à sa colère ? Il peut me dépouiller de tous mes biens, m'emprisonner, me donner à ses fauves, me faire trancher la gorge. Il peut me dire :

"Allah t'a tout donné. Il peut tout te reprendre par ma main, car je suis le Successeur de son Envoyé !"

Mais comment me taire, aussi, et accepter de naviguer encore ?

"Seigneur, lui dis-je, je suis déjà vieux et je vous servirai mal. Je suis entré en océan, à peine sorti de l'enfance. Il ne m'a épargné ni tempêtes ni naufrages. Aujourd'hui, j'espérais ne plus quitter ma ville et m'y reposer de mes fatigues.

"S'il vous plaît, permettez-moi de vous donner une idée de ce que j'ai enduré au cours de mes six périples à travers le monde. Vous jugerez mieux de mes souffrances."

Le calife accepte de m'entendre. Il me fait asseoir sur son lit de repos et je déroule, pour lui, le fil de toutes ces années qui me relient, d'île en île, à ma jeunesse.

Il m'écoute. Il s'émerveille, s'étonne, s'émeut. Les heures passent et nous restons, face à face : moi, charmeur ; lui, saisi.

À la fin, alors que je crois l'avoir convaincu, il me dit :

“Je comprends parfaitement votre désir de tranquillité, Sindbad. Il y a, dans tout ce que vous avez affronté, de quoi emplir la vie de bien des hommes. Mais votre récit me donne un motif supplémentaire de ne pas vous accorder le repos que vous méritez.”

Et comme je le regarde sans comprendre, il continue :

“Vous êtes trop près du but, pour renoncer. Six voyages ! On ne peut s'arrêter à six ! Cela ne forme pas un nombre heureux. Il faut permettre au sept de s'accomplir. Le sept, qui parachève toute transformation. Le sept, qui referme le cercle d'or de l'évolution. Si près de la perfection, Sindbad, vous ne pouvez baisser les bras ! Repartez ! insiste-t-il. Repartez, pour l'amour de moi ! Acquittez ce que je dois au roi de Serendib, et revenez plein d'une harmonie auprès de laquelle votre paix d'aujourd'hui ne sera que nuée dispersée par les cheveux du vent.”

Je suis tellement ébranlé par ces propos, que je m'entends répondre :

“Je suis votre sujet, Seigneur. Je vous obéirai.”

Quelques jours plus tard, j'ai achevé mes préparatifs, pris possession des présents, du message adressés au roi et je m'embarque à Bassorah, sur un navire affrété par le calife.

La mer est sûre. Nous arrivons en vue de Serendib

sans essuyer le moindre orage. Je reconnais la montagne d'Adam qui émerge au loin. Sa haute cime, posée sur une terrasse de nuages, me lance, comme une vigie, un geste de bienvenue, très étiré, très lent.

C'est un grand bonheur, pour moi, de toucher cette terre. Je ne suis jamais revenu dans aucune des îles où j'ai séjourné et j'ai regret d'avoir perdu certaines pour toujours.

À peine débarqué, je fais procéder au déchargement des bagages. Je loue des porteurs noirs et me dirige, sans guide, vers le palais.

On me reconnaît et la rumeur de mon arrivée me précède. Je suis accueilli par les conseillers du roi, au bas de l'escalier de pierre, entre les lions gardiens du royaume.

Le prince m'attend :

“Sindbad ! s'exclame-t-il dès qu'il me voit. J'ai tellement pensé à vous depuis votre départ. Je suis si heureux de votre retour !”

Il me serre dans ses bras, puis m'écarte de lui en souriant :

“Ainsi, plaisante-t-il, vous voici encore par les chemins... Je vous avais dit que vous trouveriez la paix, mais à son heure, pas à la vôtre ! Vous souvenez-vous ?

— Je me souviens, Majesté.

— L'heure n'est donc pas encore à la paix ?

— Non, Majesté. L'heure est à l'obéissance. J'ai

pris la mer sur la prière de mon maître qui est honoré de votre amitié et vous fait retour de son affection, aussi sincère que la vôtre."

J'ordonne aux porteurs d'avancer. Ils déchargent les présents, les déballent.

"Voici ce qu'il vous offre pour que vous vous souveniez de lui, comme il se souvient de vous." Il y a trois grands lits de cérémonie : le premier, recouvert de drap d'or, le deuxième de soie cramoisie, le troisième de velours indigo travaillé de motifs d'argent.

Il y a cinquante cafetans[1] de soie, aux longues manches, dont vingt-cinq sont doublées de fourrure angora.

Il y a cent chemises de fine toile du Caire. Sur chacune un signe astrologique est associé à une formule écrite en coufique[2]. Elles sont magiques et protègent des fièvres, des dangers, des trahisons et des esprits rebelles.

Il y a une lourde table de cèdre, fabriquée jadis par les ébénistes du roi Salomon.

Il y a une coupe en agate, épaisse d'un doigt, sur laquelle est sculpté un archer chassant le lion.

"Et voici son message", dis-je en remettant au roi une peau de gazelle roulée.

Le roi la déroule, contemple le dessin des caractères et me demande de lire. Il est écrit ceci :

1. Cafetan : robe d'honneur et d'apparat utilisée par les hommes, en Orient.
2. Coufique : écriture arabe ancienne, aux caractères rigides et anguleux.

"Abdallah Haroum-al-Raschid, qui tient de Dieu son Empire, adresse son salut au roi de Serendib.

Votre lettre a fait descendre le soleil de son zénith en notre cœur, et nous vous adressons celle-ci pour que notre lumière vous éblouisse à votre tour et vous réchauffe.

Nous espérons que le parfum de l'amitié se dégagera de nos paroles et qu'il vous sera agréable.

Adieu."

Le roi me remercie et donne ses ordres pour qu'on prépare une grande réception en l'honneur du calife, son nouveau frère.

*

Ma joie de retrouver Serendib s'efface au bout de quelques jours. Mon ambassade accomplie, je me sens désœuvré. J'ai beau parcourir la ville, flâner dans les quartiers que j'aimais, sillonner la campagne si lumineuse de l'île, rien n'affaiblit ma hâte de rentrer.

Je me décide à prendre congé du roi. Il me laisse partir à regret et m'offre, en cadeau d'adieu, un coffret de jade aux arêtes renforcées de lames d'or, où clignotent des émeraudes et des rubis.

"Puissiez-vous entrer bientôt, Sindbad, dans cet âge d'Homme, auquel vous aspirez tant", me dit-il.

Nous nous quittons sur ces mots et j'emporte avec

moi, dernière image de ce prince juste, son long visage grave illuminé par son diadème.

Mon navire appareille à la première marée et, une fois en mer, je ne pense plus qu'à Bagdad.

Deux jours après notre départ, nous croisons une grosse barque en difficulté, la voile molle et le mât de guingois. Deux hommes, des pêcheurs croyons-nous, debout sur le plat-bord appellent à l'aide. Nous nous déroutons pour leur porter secours mais, à peine sommes-nous à leur portée, que cinquante diables hirsutes écartent les bâches qui les dissimulent et surgissent en hurlant.

Ce sont des pirates ! Il est trop tard pour les éviter. Ils lancent déjà leurs grappins, nous amènent coque à coque et se hissent à notre bord, rapides comme des insectes. Ils vocifèrent des insultes, grimacent et moulinent l'air de leurs sabres.

Comment leur résister ? Nous sommes mal équipés : quelques canons à mains, que nous n'avons pas le temps d'armer. Quant à nos armes de poing, bien peu parmi nous sont entraînés à les utiliser, et les imprudents qui tentent de se défendre se font éventrer ou trancher la tête et jeter par-dessus bord.

Nous sommes prisonniers ! Il faut nous faire à cette idée. Prisonniers des pires brigands. Ils nous dépouillent de nos bijoux, nous déshabillent, et nous donnent en échange leurs pantalons puants, leurs chemises souillées de vin et de sang.

Nous leur appartenons, au même titre que le navire et sa cargaison. Ils nous vendront comme esclaves à la première occasion.

En attendant de rallier une côte, ils se répartissent sur les deux embarcations et partagent notre équipage, pour s'éviter la peine d'avoir à manœuvrer leur propre barque.

Quelques jours plus tard, nous parvenons en vue d'une grande île où les pirates ont leurs habitudes. C'est là que je suis vendu.

L'homme qui m'achète est un riche marchand et je ne perds pas au change. À peine dans sa maison, il me conduit au bain, m'offre des habits décents et me fait servir une bouillie de fibres de palmier.

“À quoi vais-je bien t'employer ? réfléchit-il, m'observant en train de manger. Tu n'es plus jeune, mais tu parais robuste encore. Quel métier pratiquais-tu, dis-moi ? Que sais-tu faire ?”

Je me garde-bien de lui révéler qui je suis en réalité.

“Je ne sais rien faire de mes mains, maître. Je n'étais pas artisan, j'étais marchand.

— Marchand ! s'exclame-t-il.

— Un petit marchand...

— Pourquoi a-t-il fallu que je m'encombre d'un marchand ? se plaint-il. Je t'aurais préféré cordonnier, mille fois. Ou maçon, potier... Je t'aurais donné de quoi t'occuper, sans tarder et tu n'aurais pas été malheureux chez moi ! Mais marchand..."

Il est tellement contrarié que je crains d'être revendu dès le lendemain.

"Est-ce que tu sais tirer à l'arc, au moins ? me demande-t-il, en désespoir de cause

— J'ai appris dans ma jeunesse, maître. Et je n'étais pas maladroit. Je pourrais, je crois, retrouver la main assez rapidement.

— Alors tant mieux pour toi, car tu n'auras pas beaucoup le temps de t'exercer. Suis-moi."

Il m'entraîne dans ses écuries, fait harnacher un de ses éléphants, me remet un arc, un plein carquois de flèches et nous partons, lui et moi, sur le dos de l'animal. Nous nous dirigeons vers la forêt dont les feuillages dansent au loin, dans la chaleur. Il faut plusieurs heures de marche à notre monture pour nous y conduire.

C'est une forêt épaisse où des arbres géants alternent avec des trouées, où de hauts buissons feuillus mangent la lumière. Elle vibre de plaintes et de feulements, du grésillement lancinant des cigales, du gloussement des gibbons, de cris vifs qui semblent demander le silence.

Mon maître nous arrête au pied d'un baobab.

"Tu vas escalader ce tronc, me dit-il, et te poster à l'affût. Cette forêt est la terre des éléphants. Tu ne peux imaginer comme ils sont nombreux. Attends qu'ils se montrent et tire sur eux lorsqu'ils seront à ta portée. Vise bien et tue ! Dès que tu en auras abattu un, viens me prévenir."

Là-dessus, il me remet une sacoche de nourriture et rebrousse chemin pendant que je m'installe dans l'arbre.

Je passe la fin de la journée, blotti dans les branches, sans bouger. Je veille, j'écoute. Je vois des vols d'oiseaux blancs, des lézards en chasse, des papillons téter longuement des fleurs, des processions de fourmis énormes, des pythons changer mollement d'observatoire.

L'ébullition du jour s'apaise, laisse couler le grand rinçage de la nuit. Puis les cigales de l'aube étirent la lumière et se taisent devant les cigales du matin.

Au début de l'après-midi, je suis toujours en faction lorsque j'entends barrir enfin. Je vois des palmes de sagoutier frémir et s'écarter, des cimes brasser leurs feuillages. Les éléphants arrivent.

Une tête apparaît, lourde, se balance. La bête se dégage du couvert des arbres, s'arrête, pose autour d'elle un regard morne, puis reprend sa marche, suivie de dix autres.

Le groupe se dirige vers moi. Je le laisse approcher et prépare une première flèche. Lorsque les éléphants sont à portée, je décoche et je manque. J'arme à nouveau et je touche, mais superficiellement. Le blessé hurle, affole les autres qui s'enfuient. Je tire un troi-

sième trait, un quatrième... Je vide mon carquois, presque au jugé, abruti par les barrissements de peur, le grondement de la galopade, la poussière. Lorsque le calme retombe, un animal est couché sur le flanc, inerte. Percé de trois flèches. Je l'ai tué sans m'en apercevoir.

Vite, je saisis une liane et descends de mon abri. Je cours prévenir mon maître et j'arrive tout essoufflé chez lui. Je lui raconte ma chasse et je l'étonne. Il me complimente.

"De tous les esclaves que j'ai conduits dans la forêt, tu es le premier à tuer un éléphant aussi vite. Les autres n'étaient que des peureux. Tu vas me porter chance. Je le sens."

Il me régale d'un bon repas puis, sans me laisser de répit, me dit :

"Il ne faut pas laisser la nuit achever le travail que tu as commencé. Viens !"

Nous saisissons des bêches et des pioches, nous repartons vers la forêt en courant. Nous creusons une grande fosse à côté du cadavre de l'éléphant. Nous le faisons basculer dedans et nous le recouvrons de terre.

"Voilà ! me dit mon maître. Quand il sera bien pourri, nous récupérerons ses dents."

*

Je continue ainsi mon métier de chasseur d'éléphants pendant plusieurs mois et je fais un grand carnage. Chaque jour, j'abats une bête, parfois deux, et mon maître, pour ne pas me gâter la main, forme une équipe de fossoyeurs chargés d'enterrer mes victimes.

J'observe les habitudes des éléphants, j'étudie leurs déplacements, je change souvent de canton et je varie mes postes de guet.

J'ignore que les animaux pratiquent de la même façon avec moi.

Un matin, j'attends leur arrivée, dissimulé dans le feuillage d'un palmier à huile, lorsqu'un troupeau de vingt têtes s'avance.

Il se dirige droit sur mon arbre et s'arrête en me regardant, hors de portée de mes flèches. Il est rejoint par un autre groupe, aussi important, qui sort du couvert, trompe dressée, au petit trot. Puis par un troisième qui arrive en cortège, tête à queue, un quatrième, un cinquième...

Je suis cerné par plus de cent mastodontes qui trépignent en poussant de petits barrissements plaintifs. Ils pourraient charger, arracher mon perchoir, me balayer, mais ils m'observent à distance, en grondant.

Qu'attendent-ils ? On dirait qu'ils font mûrir ma peur. Leur danse m'étourdit. J'en laisse échapper mon arc et je renverse mon carquois. Espèrent-ils que je finisse par me détacher moi-même de ma branche ?

Soudain, un long hurlement monte de la forêt. Une

bête énorme surgit, dont la présence excite les mâles du troupeau. Elle s'approche au galop, et son cri de fer qui lui vide les flancs, vibre interminablement et impose à tous le silence.

Le roi s'avance et ses sujets s'écartent. Il a bu leur colère, l'a recrachée dans son grand souffle exaspéré.

Je suis assis à califourchon sur une palme. Je l'agrippe de mes jambes et de mes bras recroquevillés. Je vais mourir écrasé en pleine jungle par l'animal le plus noble de la création, monture des princes, prince lui-même.

Il s'approche de mon arbre. Enlace de son nez le tronc et pousse faiblement, sans me quitter des yeux, puis desserre sa prise et attend. Il m'éprouve.

Je vais mourir, moi Sindbad, le Marin aux six voyages achevés. Les promesses du septième resteront ouvertes à jamais. J'y ai appris l'obéissance. Celle du sujet envers son roi. Celle de l'esclave envers son maître. J'y ai appris l'humilité.

L'éléphant me regarde. Seuls, ses yeux pétillent dans sa grosse tête boudeuse.

Humilité du chasseur devant sa proie, libérée de la peur.

Je vais mourir et je suis prêt.

L'animal, bien planté sur ses quatre pieux, m'entend penser. Il saisit le tronc pour la seconde fois et tire. Le palmier s'abandonne en pliant, puis la tige grince, le sol se boursoufle et s'éventre. L'arbre cède.

La bête l'a cueilli sans effort et l'insecte accroché à ses feuilles se débat, lâche prise.

Je m'affale dans la poussière, mais l'éléphant me suit. Sa trompe me palpe en soufflant, me ceinture et me soulève violemment. Je m'attends à être précipité à terre, saisi de nouveau, plaqué encore, assommé.

Au lieu de cela, je reste, le ventre serré, brandi. L'éléphant barrit sa victoire et la forêt se courbe en l'écoutant. Il me secoue, me tend vers le ciel, semble hésiter, me jette brusquement sur son cou et part au trot. Toute sa troupe lui emboîte le pas, comme s'ils formaient un seul grand corps, une seule grande volonté.

Je me cramponne comme je peux aux oreilles de mon porteur. Je ne sais où il m'emmène. Veut-il toujours me tuer ? Ma peur est tombée et je doute maintenant qu'il en ait jamais eu l'intention. Il va comme on exécute un plan.

Nous nous enfonçons au cœur de la forêt, nous traversons un marécage, franchissons un fleuve, une grande étendue de savane, parvenons devant une colline que nous escaladons. À proximité du sommet, le grand mâle s'agenouille et me fait descendre. Une fois au sol, il me chasse à coups de trompe, m'invite à continuer seul. Il se balance et pousse des grincements. Lorsque j'approche du sommet, je les entends faire demi-tour. Ils dégringolent vers la vallée en faisant grelotter le ventre de la terre.

Je continue l'ascension, curieux de ce qui m'attend. Le haut de la colline est évidé et forme une cuvette abritée par les crêtes. Je pénètre dans ce vallon et le découvre encombré de carcasses d'éléphants. Des milliers de carcasses de bêtes venues mourir ici depuis des siècles. Un gisement d'ivoire ! Le grand mâle m'a conduit ici, délibérément. Pourquoi ? Il lui était si facile de se venger du mal que j'avais commis ! Savait-il que s'il me tuait, un autre archer me remplacerait ? Et un autre encore, à l'infini ! Avait-il un autre but ? Lequel ? Son refus de profiter de sa force, son entêtement, face à ma violence, à opposer la paix, étaient trop évidents...

"Saurais-tu offrir un trésor à celui qui vient te tuer, pensé-je, alors que tu peux le pulvériser ?"

Et vous, mes amis, demande Sindbad en dévisageant ses invités, seriez-vous capables d'un tel sentiment ? Seriez-vous aussi tolérants que l'éléphant ? Ne croyez-vous pas que la vraie force se trouve dans de tels actes ? Que la véritable conquête n'est pas celle qui détruit l'ennemi ou l'humilie, mais celle qui l'oblige à réfléchir, qui l'aide à devenir un homme ? C'est cela que suggère l'éléphant. Ne croyez-vous pas ?

Je suis bouleversé. Je me précipite vers l'entrée de

la combe. Les animaux ont disparu au loin. La poussière de leur galop est déjà retombée.

À mon tour, je quitte la colline. Je marche jusqu'au soir et je retrouve la maison de mon maître.

"Je m'inquiétais de ta disparition, me dit-il, heureux de me revoir. Je suis allé à ta recherche. J'ai trouvé ton arc et tes flèches, un arbre arraché et le sol, tout martelé par de gros pieds. Je craignais le pire. Que t'est-il arrivé ?"

Je lui raconte mon aventure. Il m'écoute et me croit.

Il me demande de le conduire, le lendemain, à la colline et nous partons avant l'aube. En chemin, nous n'apercevons pas un seul éléphant. On dirait qu'ils se sont cachés ou enfuis, pour nous laisser méditer leur exemple.

Au cimetière, mon maître tremble d'émotion devant les monceaux d'ivoire et se jette à mes genoux.

"Sindbad, j'ai été injuste avec vous. Pardonnez-moi. Lorsque je vous ai conduit à la chasse, je vous en ai caché tous les risques. Les éléphants de notre île sont dangereux et rusés. Ils finissent toujours par tromper la vigilance de nos chasseurs et chaque année, nous tuent des centaines d'esclaves. Il faut qu'ils aient senti en vous un homme différent des autres, pour vous rendre la liberté.

"Une légende affirme que l'univers est posé sur le dos d'un éléphant et que cet animal connaît les projets de Dieu. Nos éléphants, sans doute, ont obéi à un commandement qui dépasse notre monde.

“Et puisqu’ils vous ont redonné la liberté, à mon tour, je veux vous affranchir. Cessez d’être mon esclave et devenez mon frère.

— Maître, je ne veux pas d’autre liberté que celle de regagner mon pays.

— Vous l’avez ! La mousson nous amènera bientôt des acheteurs d’ivoire. Vous repartirez facilement.”

Nous regagnons la ville en nous chargeant chacun d’une dent.

Dès notre retour, mon maître répand la nouvelle.

“Les éléphants nous ont offert cette richesse pour qu’elle profite à tous, explique-t-il à ceux qui s’étonnent de le voir partager. Laissons-les vivre en paix dorénavant. Protégeons-les, vénérons-les.”

Je demeure dans l’île en attendant les vents. Je participe à l’exploitation et au partage de l’ivoire.

À l’arrivée des premiers marchands, mon maître me choisit un navire sûr, dont il connaît le capitaine et le charge à moitié de dents, pour me remercier.

“L’ivoire traverse les siècles sans subir aucune altération, me dit-il au moment de me quitter. Puissent vos bienfaits durer aussi longtemps.”

*

Une sourde inquiétude me saisit après quelques jours de mer. Quelles tempêtes m'attendent encore ? Pour me précipiter dans quelles luttes ?

Les aubes se succèdent. Nous croisons parfois au large d'une île où nous mettons en panne, pour nous gaver de fruits frais. L'océan demeure d'une bienveillance parfaite.

Nous atteignons enfin le port d'attache de mon vaisseau. Une cité du nord des Indes. Bagdad est encore loin et je languis, mais plutôt que de m'aventurer sur un autre navire, je décide d'achever mon voyage par la terre.

Je vends tout mon ivoire. J'en tire une grosse somme que je convertis en vaisselle d'or, en pierres, en bijoux et je me joins à une caravane qui se dirige vers la Perse. Je sais que j'accomplis la dernière étape de mon dernier voyage. Je souffre du soleil, du froid des montagnes, de l'inconfort des campements, mais je souffre avec patience. Je suis à l'abri de toutes les épreuves fomentées par l'océan. Ici, sur la piste, chacun de mes pas efface le chemin et me rapproche du but. Je suis confiant, malgré les mois de marche.

*

Après avoir franchi les derniers hauts plateaux qui séparent la Perse de la Mésopotamie, j'entre enfin dans ma ville. Je l'ai quittée, il me semble, autrefois, chargé par mon calife d'une ambassade, et c'est vers lui, à peine arrivé, que je tourne mes pensées.

Je me dirige vers le palais.

"Je suis Sindbad, dis-je, le Marin. Je reviens des terres lointaines de Serendib où j'ai porté la parole de notre grand Émir et me voici, pour exposer le détail de ma mission."

Le chef des gardes me conduit au vizir qui m'introduit auprès du calife.

Il est assis dans une salle tapissée d'une étoffe rose qui s'ouvre sur un jardin occupé par une pièce d'eau couverte de nénuphars et de nymphéas. Un pêcher, fleuri de rose pâle, berce ses branches par les portes, comme s'il puisait dans l'appartement les couleurs dont il s'habille.

Un luth pentacorde et une cithare jouent. Le calife rêve.

Il me découvre soudain, dans mes habits de voyageur, couvert de poussière, la barbe sale et le visage gris. Il me reconnaît. Il se lève et vient à ma rencontre.

"Sindbad, je savais que vous reviendriez. Je n'ai jamais perdu confiance. Racontez-moi tout ce temps passé."

Je raconte la joie du roi de Serendib devant les présents que je lui apportais. Je raconte ma capture par les pirates, mon esclavage et je m'attarde sur l'énigme de l'éléphant.

"C'est un mystère bien simple à percer, me répond

le calife. Souvenez-vous de votre première aventure. Vous y avez rencontré une jument, qu'un étalon des mers venait couvrir. Quel autre animal que l'éléphant pouvait conclure votre dernier voyage ?

“Comprenez-moi !

“Les premiers vous ont offert toute leur force féconde, ont éveillé cette insatiable vivacité qui vous a conduit, votre vie durant, à défricher votre cœur immense.

“L'éléphant, lui, arrive à l'heure où l'on conclut. Il dépose sur vous sa sérénité, sa force paisible, comme on coiffe d'un diadème le maître d'un empire. Immuable veilleur, il s'installe à vos côtés et vous protège.

“Vos aventures sont grandes et belles, Sindbad. Elles aideront les hommes à s'élever. Je veux qu'elles vous survivent. Je veux qu'on les médite. Elles resteront comme un des joyaux de mon règne.

“Venez chaque jour les confier à mes scribes pour qu'ils les consignent en lettres d'or. Elles formeront plusieurs volumes que je ferai enluminer et figurer dans le trésor de mes bibliothèques.” »

*

Sindbad se tait. Il a achevé le récit de son dernier voyage. Il a donné la substance de sa vie.

Hindbad le regarde avec des yeux de feu. Il n'ose

rompre le silence. Les paroles de son maître, depuis qu'il les écoute, n'ont cessé de fouiller son cœur, de lui révéler une terre profonde où il ne trouvait, auparavant, que des pierres et des épines. Il écoute les roulements de ce dernier voyage, savoure les nouveaux mystères qui se lèvent en lui. Il songe aux sept jours qui viennent de s'écouler. Il revoit sa colère contre cet homme qu'il ne connaissait pas et dont la richesse le rendait jaloux. Il entend ses cris de dépit : « *Dieu est injuste, qui offre l'abondance à celui qui possède, la misère à celui qui n'a rien.* »

Sindbad, qui accompagne ses pensées, lui demande :

« Alors, penses-tu encore, comme tu l'affirmais, que Dieu est injuste ? »

Hindbad sourit.

« J'ai parlé sans savoir, répond-il. Notre ignorance des autres gonfle toujours notre dépit. C'est moi qui étais injuste. »

Sindbad hoche la tête.

« Je t'ai porté pendant ces sept journées et aujourd'hui, te voici prêt. Prêt à cesser d'aller la tête basse, aveuglé par la poussière du sol. Prêt à regarder le monde, autour de toi. Change de métier, Hindbad mon frère. Fais-toi porteur de toi-même, dorénavant. Tu en as la force. »

Puis, en lui offrant une nouvelle bourse de cent dinars, il lui dit :

« Voici mon dernier argument ! »

Hindbad reçoit cet or et, au moment où il s'apprête à remercier, il voit passer, sur le visage de Sindbad, l'image lente d'un éléphant paisible qui balance sa trompe dans un geste d'encouragement.

« D'ordinaire, murmure-t-il, c'est l'élève qui paie au maître ses leçons.

— D'ordinaire, oui, répond Sindbad. Mais les vraies leçons sont encore à venir. N'hésite plus, embarque à ton tour pour les sept voyages de ta vie. »

TABLE

PAPIER À BASE DE FIBRES CERTIFIÉES

Le Livre de Poche s'engage pour l'environnement en réduisant l'empreinte carbone de ses livres. Celle de cet exemplaire est de :
375 g éq. CO_2
Rendez-vous sur www.livredepoche-durable.fr

« Pour l'éditeur, le principe est d'utiliser des papiers composés de fibres naturelles, renouvelables, recyclables et fabriquées à partir de bois issus de forêts qui adoptent un système d'aménagement durable. En outre, l'éditeur attend de ses fournisseurs de papier qu'ils s'inscrivent dans une démarche de certification environnementale reconnue. »

Édité par la Librairie Générale Française - LPJ
(43 quai de Grenelle, 75905 Paris Cedex 15)

Composition Jouve
Achevé d'imprimer en Espagne par CPI
Dépôt légal 1re publication novembre 2014
32.4448.5/01 - ISBN : 978-2-01-002170-1
Loi n° 49-956 du 16 juillet 1949 sur les publications destinées à la jeunesse
Dépôt légal : novembre 2014